Pascale Roze

La belle Hélène

roman

Stock

Couverture :

ISBN 978-2-234-08628-9

À la mémoire de Pierre Pachet
et de son séminaire « Critique sentimentale »

Richard Brautigan

Elle n'a jamais su être à l'heure. Toujours en avance. Quand, exceptionnellement, elle est en retard, elle a pu vérifier qu'une sorte d'instinct avait essayé de la prévenir qu'elle aurait mieux fait de rester chez elle. Donc, comme tous les jeudis, elle est en avance. Il fait bon, son cartable se balance au bout de son bras et elle descend la rue en inspectant les devantures des boutiques de chaussures très chères dont les talons avoisinent les dix centimètres (elle qui a un petit cartable en vieux cuir culotté, pense-t-elle chaque fois avec satisfaction). Elle se contrefiche des chaussures mais elle a besoin d'une contenance pour tenir les dix, mettons huit, minutes qui lui restent avant d'entrer. Elle pourrait se passer de ce faux but de marche, simplement aller jusqu'au boulevard Raspail puis revenir. À Paris, qui se préoccupe de savoir pourquoi vous marchez ? À Paris, on est invisible. Mais elle n'a pas grandi à Paris et elle a beau y vivre depuis qu'elle est adulte, son corps se souvient qu'à la campagne quelqu'un qui marche crève le paysage. À la campagne, vous êtes un gibier. Le boulevard s'annonce par une grande flaque de soleil que les platanes absorbent en brillant de toutes leurs feuilles. Elle vérifie l'heure, le timing est bon, demi-tour. Sourcils légèrement froncés, regard fixé sur un horizon intérieur, elle avance maintenant droit sur le trottoir. Le cartable que sa main tenait avec légèreté ne se balance plus. Le pas est lent. Elle tourne à droite, s'arrête un instant pour sortir la carte qu'elle va montrer aux vigiles, se faufile dans l'attroupement, tend la carte, ouvre son cartable (dont elle oublie en le faisant combien il est intime et chéri). Allez-y, madame. Elle remercie d'un sourire, peine à remettre sa carte dans son porte-carte, bloquant le flux, la doublure de nylon coince. Quelque chose dans son maintien se défait. Allez-y, madame, répète le vigile. Elle insiste, s'agace, renonce, jette carte et porte-carte dans le cartable. Le hall résonne comme une volière et lui donne un léger vertige. On ne rentre et ne sort que par ce hall, Vigipirate oblige. Une bombe ferait un carnage, elle y pense chaque fois. Du haut du plafond l'énorme pendule domine la foule. Le cours commence dans dix minutes. On la bouscule. Chaque fois qu'elle pénètre dans le hall, un pincement cardiaque lui rappelle qu'elle a le trac. Rien à voir avec celui épouvantable qu'elle éprouva la première fois qu'elle se rendit en prison, une prison de province avec une petite grille dans la muraille derrière laquelle quelqu'un était venu la regarder, enfermée ensuite dans une pièce dont la porte n'avait pas de poignée, non, pas de poignée, avec quatorze détenues pendant deux heures. Soyez sans crainte, avait dit le directeur, il y a un micro relié à mon bureau. Trac plus supportable toutefois que celui qui la paralysa le jour où elle dut affronter une émission télévisée, en proie à la sensation d'un évanouissement imminent. Tu étais très bien, avait dit Laurent, quand elle était rentrée à la maison. Brouhaha d'anglais et de français. Elle se fraie un chemin vers un mur. Une grande table derrière laquelle sont assis des étudiants appelant à une cause quelconque encombre l'espace. Elle atteint le mur, pose son cartable pour avoir les deux mains libres, sort carte et porte-carte et, pliée en deux vers le sol, s'applique à faire pénétrer l'un dans l'autre, se redresse. Elle n'aurait pas dû rester pliée, elle a la tête qui tourne. Cent personnes s'occuperaient d'elle si elle avait un malaise. C'est Jérôme, là-bas. Elle l'avait l'année dernière. Il ressemble à deux cent pour cent à ses amis d'enfance. Rien ne change, quoi qu'on en dise. Faux. Regarde ces visages exotiques, écoute ce brouhaha fait d'anglais autant que de français. Bientôt les cours seront tous en anglais, tu le sais. Était-ce ainsi quand tu avais leur âge ? Elle tire la colonne vertébrale vers le chignon, lâche le mur. Tu es dans un lieu formidablement ouvert, moderne, innovant, comme l'avait affirmé Macron pas encore président dans son laïus de remise des diplômes. Pourquoi dire rien ne change alors que les choses changent inexorablement ? Tu es dans un lieu formidablement ouvert, moderne, innovant. Allez, en route.

La première fois, avant de venir, elle avait choisi une tenue appropriée à la situation. La jupe, le chignon. Elle croyait s'être amusée à se déguiser. Une jouissance inconnue l'avait guidée. Elle y a depuis apporté des raffinements, un bijou dans les cheveux, des jupes étroites, parfois une ceinture. Elle aurait pu faire un autre choix. Elle aurait pu, organisant son budget, s'acheter une de ces paires de chaussures vernies et hautes qui lui auraient donner l'air d'un héron. Elle aurait pu. Elle a de grandes jambes. Elle aurait pu choisir l'allure jeune. Oui. Mais le plaisir qu'elle a éprouvé a été tel que le lendemain, bien qu'elle n'ait pas cours, elle a remis la jupe. En une année, elle a intégralement changé sa garde-robe, sa coiffure, son allure. Des amies le lui ont dit avec un soupçon de reproche dans la voix : tu te fais des chignons ? Et même une dame âgée, avec un air carrément ulcéré : tu ne devrais pas attacher tes cheveux. Ça fait vieux. C'est comme madame. Pourquoi tu dis toujours bonjour madame, merci madame, au revoir madame, c'est ostentatoire. Quoi, ostentatoire ? Qu'est-ce que j'ai d'ostentatoire ? Les vigiles disent bien merci madame. Ce n'est tout de même pas un mot réservé au prolétariat ? Ça l'agace que tous les étudiants ne lui disent pas madame. Elle ne trouve pas le culot de leur dire : vous devez me dire bonjour madame, vous devez écrire bonjour madame dans vos mails, plutôt que d'utiliser ce bonjour flottant et indéfini. Ce n'est pas parce que les journalistes à la télévision disent Pascal Perrineau bonjour, que vous ne devez pas lui dire bonjour monsieur, et me dire bonjour madame. La nuit, quand elle n'arrive pas à dormir, elle leur parle pendant des heures, elle fait cours dans son lit. Dans l'ascenseur, elle tient son petit cartable à deux mains devant elle et elle sourit à tous, solide. Elle sent son sourire sur son visage. Hier soir, elle a vu *Voyage à Tokyo* d'Ozu. Le père et la mère sourient tout le temps. Les enfants jamais. Ils sont dans un temps hargneux où il y a toujours quelque chose à faire, les clients, les patients, le ménage. Forcément, les parents encombrent. « Ne pas souvent et sans nécessité dire à quelqu'un ou lui écrire : je n'ai pas le temps. Et par ce moyen constamment ajourner les obligations que commandent les relations sociales, en prétextant l'urgence des affaires », Marc-Aurèle. Deuxième siècle après J.-C. En plein dans le mille ! Voilà qui serait important à aborder avec les étudiants. Elle aimerait avoir la liberté de choisir ce sur quoi travailler à chaque séance, en fonction de ce qu'elle aura glané dans la semaine. On pourrait réfléchir à Ozu et Marc-Aurèle. Elle voit déjà un cours. Mais il lui faut s'en tenir à l'étude de la nouvelle, au carcan du programme qu'elle s'est imposé à elle-même et qui a eu l'heur de convenir à la directrice de la scolarité. Elle trouvera bien le moyen de les glisser quelque part, elle ne pourra pas s'en empêcher. Quatrième étage. Passage aux toilettes pour vérifier que nul petit cheveu ne s'échappe des barrettes et resserrer son manteau. Traits tirés, elle dort mal. As-tu revêtu ta lumière ? dit-elle à son reflet, un truc que lui avait donné l'aumônier de Nanterre : se rappeler chaque matin en s'habillant cette phrase des Écritures : « Vous avez revêtu la lumière. » En même temps que la jupe (à l'époque elle portait des pantalons, par conformisme, ça ne lui allait pas), la lumière. Incroyable ce que ce conseil lui a servi. Ce prêtre était doué pour la littérature. Il savait qu'elle n'est que concrète. Elle entre dans la classe. Elle fait son entrée.

Souvent il y a déjà quatre ou cinq étudiants penchés sur leur ordinateur. Elle se demande s'ils sont en train de lire la nouvelle à l'ordre du jour. Aujourd'hui, Richard Brautigan, « Actualités Cotton Mather, 1692 » extraite du recueil *La Vengeance de la pelouse*. Bien compliqué le titre, pas ce qu'il y a de mieux, mais il a l'intérêt d'attirer la lecture vers le sens du texte. Elle aime Brautigan que la tragédie de son enfance a rendu poète. Elle prendra le temps de raconter un peu sa vie, de leur montrer une photo, son chapeau, ses cheveux longs, le hippie. 1967 ? Elle rentrait du collège avec son frère. Le car les déposait à l'embranchement, il fallait traverser, c'était dangereux. Ils prenaient un chemin empierré entre deux haies, longeaient les bâtiments de ferme et montaient jusqu'aux Riaux. L'hiver, quand il faisait déjà nuit, ils chantaient bien fort des cantiques pour se donner du courage et prévenir la campagne aveugle, les renards et les écureuils que c'étaient eux qui passaient par là comme chaque soir. Elle est dans un lieu formidablement ouvert, moderne, innovant. Un hôtel particulier. Des moulures sur les murs, un tableau blanc avec des feutres, deux grandes fenêtres ouvertes sur un jardin planté d'arbres.

Un petit bureau extrêmement inconfortable mais paré d'un écran connecté. C'est la fin d'avril.

Elle ouvre son cartable, organise son petit monde, carnet, crayon, carnet sur lequel elle a pris les quelques notes qui vont l'aider. Elle éteint son téléphone, sort la photocopie de la nouvelle. Elle fait mieux cours lorsqu'elle peut tenir le texte comme une matière concrète, qu'elle peut le commenter, tourner autour de lui, le gribouiller sans qu'il se trouble, inaltérable, toujours disponible et un brin lointain. Trois pages. Les nouvelles qu'elle leur choisit, outre qu'elle les chérit, dépassent exceptionnellement cinq pages. Elle veut qu'ils puissent avoir l'entièreté du mouvement dans la tête. Elle les compte du regard, il en manque deux. Célestine évidemment, qui d'autre ? Elle a beau étudier chez elle le trombinoscope, il y a des élèves qu'elle n'a pas encore repérés. Elle voudrait bien savoir si tous les professeurs se souviennent des mêmes élèves. Sur quel critère ? Ceux qui prennent souvent la parole ? Un regard intéressé ? Un regard qui s'ennuie ? Thomas qui a toujours l'air ailleurs, elle l'a tout de suite repéré. Elle repère davantage les garçons que les filles. Oserait-on aborder ce sujet entre professeurs ? La salle des professeurs est un lieu si silencieux, si figé. Parfois, en une pose plus abandonnée, quelqu'un lit un journal. Elle s'amuse à imaginer comment il se tient à la maison. Elle accorde deux minutes aux retardataires avant de faire l'appel, jouissant de regarder les présents dans le temps flottant de l'intercours.

Soudain, quelque part à travers les murs s'élèvent des accords de guitare… Quelqu'un chante… *If you're going to San Francisco/Be sure to wear some flowers in your hair…* La surprise lui fait monter les larmes aux yeux. Depuis combien de temps n'a-t-elle pas entendu cette chanson ? Xavier, Éric, Christian, Bertrand, Sébastien et Catherine… La découverte de la liberté… le vieux monde derrière soi… elle les revoit assis dans l'herbe à Sainte-Croix-de-Lozère, Bertrand chantait, Xavier faisait le clown. Il est mort maintenant, Bertrand aussi. Comme ils ont eu du mal à vivre, les jeunes gens de 68… Ils se sont brûlés. Elle était plus jeune qu'eux, peut-être est-ce cela qui l'a protégée ? Les étudiants gardent le nez sur leur écran, on dirait qu'ils n'entendent rien. Pourvu que le chanteur reprenne, c'est une chanson qu'on a du mal à ne pas reprendre… il ne la reprend pas. Le cœur se replie. Fin de l'intercours. D'un geste décidé, Hélène ferme la fenêtre. Elle fait l'appel. Un regard, un sourire à chacun.

Ok, Richard Brautigan. On y va, je raconte d'abord un peu sa vie. Mais au moment d'ouvrir la bouche, une inspiration la fait bifurquer. Elle dit : vous avez entendu la chanson ? Vous la connaissez ? Ils opinent du chef. Vraiment ? Ceux-là, pour leur arracher un mot... Oui, vous dites ? demande-t-elle à Thomas qui s'est tourné vers son voisin pour lui glisser quelque chose à l'oreille. Thomas proteste. Mais si, dites, faites-nous profiter. Ma grand-mère nous la chantait, dit-il en rougissant. Sa grand-mère, bien sûr ! Qu'est-ce que je m'imagine ! Ils sont nés trente ans après *Summer of Love.* Cette chanson, leur dit-elle, a été écrite en 67, elle a été un tube formidable. Or quand a été écrite la nouvelle que je vous ai donné à lire ? Silence. Sonia ? Sonia fait une moue. Hamed lève le doigt. Hamed lève toujours le doigt. Hamed sait tout. Oui, Hamed. En 67. Bien, Hamed, pourquoi ? Parce qu'il écrit « J'ai l'air aussi fou en 67 que vous en 39 ». C'est ça, Hamed. Et en 39, il avait quel âge ? C'est écrit noir sur blanc. Benoît ? Euh... quatre ans. Oui, bien sûr, quatre ans. Donc en 67, il a ? En 39 il a quatre ans, en 67 ça lui fait ?... Allez, il suffit de savoir compter. Trente-deux, il a trente-deux ans. Il se suicidera à quarante-neuf ans mais il ne le sait pas encore (La seule chose que tu possèdes, c'est le présent, Marc-Aurèle.). Quand vous lisez, représentez-vous les choses. Explicitez-les et éclairez le contexte historique. Le hasard vient de fournir un admirable aliment à notre lecture. Que se passait-il en 67 ? Silence dans la salle. Voyons, en 67, aux États-Unis, vous venez d'entendre la chanson ! Chacun baisse les yeux vers son écran pour y chercher la réponse. Les hippies, fait une voix timide. Les hippies, bien sûr, vous n'avez pas entendu parler des hippies ? Demandez à votre grand-mère, Thomas. La littérature ne parle pas d'un autre monde que le nôtre. Bon, 39, 67, 1692. C'est une nouvelle pleine de dates, vous avez remarqué ? Maintenant on peut commencer à l'étudier. Noémie, racontez-nous la nouvelle. Noémie sourit et se lève. À chaque cours, c'est la règle, elle désigne un étudiant qui, debout face au groupe, doit raconter la nouvelle avec le plus de détails précis en cherchant en lui la « posture du conteur ». Un professeur de Nanterre des quelques U.V. de théâtre qu'elle y avait suivies les entraînait à cet exercice qu'elle aimait parce qu'il donnait moins le trac que de jouer un personnage. Noémie, qui n'a pas du tout l'air d'avoir le trac, commence directement par le souvenir, elle n'a pas fait attention au début. Elle cite l'expression : deux moineaux de caniveau. Elle parle de la porte « humaine » dont on touche la poignée comme une main. De toutes les fleurs dans la maison de la sorcière. De la panique sans raison du petit Richard de quatre ans, panique communicative, et du lien que fait l'auteur avec l'histoire des sorcières de Salem. Pas mal. Elle demande aux autres s'ils ont quelque chose à rajouter. Et, petit à petit, on déplie l'histoire. On restitue le début : Richard Brautigan s'adresse à la sorcière de Tacoma – oui, c'est là qu'il est né, en 35, la nouvelle nous permet de déduire la date de sa naissance – on est en 67, il prend la peine de le dire, hein, comme nous a dit Hamed : j'ai l'air aussi fou en 67 que vous en 39. Il écrit en 67 un souvenir qui se passe en 39. En 67, il pense à cette femme qu'ils appelaient sorcière son copain et lui quand ils avaient quatre ans en 39, donc. Si en 39 il a quatre ans, c'est qu'il est né en 35. Nous sommes en 2018. 2018 moins 1967, 51. Il y a donc cinquante et un ans, quelque part à San Francisco, Richard Brautigan pensait à une femme qu'il avait connue enfant. Cinquante et un ans, ce n'est pas beaucoup. *Summer of Love* il y a cinquante et un ans, j'aurais pu y être. On peut tendre les bras d'un bout à l'autre du temps comme Brautigan imagine que les petits garçons de la nouvelle tendent les leurs vers les sorcières de Salem. Je vous prie de remarquer que seuls soixante-dix-neuf ans nous séparent du début de la dernière guerre. À peine trois générations, la vôtre, la mienne, mes parents. Et la Révolution française, combien de générations ? Neuf, j'ai calculé, deux fois quatre plus un, est-ce tant que cela ? Arrière-grands-parents, grands-parents, parents, vous. Deux fois plus un. J'ai entendu un historien remarquer qu'il n'y avait que quatre-vingts générations entre Jules César et lui. Comptez une de plus pour vous. L'histoire, la littérature ne parlent pas d'un autre monde. Il pense donc à cette femme qu'ils appelaient sorcière simplement parce qu'elle avait un air bizarre. Et qu'est-ce que le petit Richard découvre chez elle : des fleurs. Des fleurs partout. C'est gnangnan d'aimer les fleurs ? Eh bien, faites-moi le plaisir de regarder sur vos écrans les images de ce fameux été. J'espère pour vous que cela vous fera envie. Maintenant c'est lui que les enfants prennent pour un fou, avec ses cheveux longs et son chapeau crade, lui qui, après une enfance miséreuse, des débuts miséreux, a eu un succès foudroyant, une heure de gloire mondiale, justement en 67 avec la publication de son best-seller inattendu : *La Pêche à la truite en Amérique*. Heure de gloire brusque, violente, dont il n'a pas supporté qu'elle claque comme une ampoule. Il s'est suicidé. Un enfant élevé dans la précarité matérielle et affective, s'étant fait interné à dix-huit ans dans un asile parce qu'il mourait de faim, lisant de bar en bar à San Francisco ses jolis poèmes contre un verre de bière et un sandwich, tout d'un coup projeté en star internationale, c'est dur. Là, elle pourrait parler de Marc-Aurèle. Là, elle pourrait faire une digression sur le stoïcisme, sur la nécessaire indifférence aux accidents du destin et la gloire est un accident du destin, mais elle se retient, mais elle pense qu'il faudra pour l'année prochaine trouver une nouvelle qui illustre le « j'ai pas le temps » commun à Ozu et à Marc-Aurèle, il faut qu'elle note cette idée avant qu'elle ne lui échappe. Enfant, il y avait toujours des odeurs de gaz qui passaient sous la porte là où il habitait, non seulement parce que c'était insalubre mais parce que c'était le moyen de suicide préféré de sa mère. Il fallait réussir à ouvrir cette foutue porte pour sauver sa mère. Il faut se méfier des mères suicidaires, parce que, quand il s'est suicidé, lui, en 1984, sa mère vivait encore. Non seulement elle vivait encore, mais elle est morte en 2005. Née en 1911 et morte en 2005, une longévité à toute épreuve. Victor demande l'explication de la comparaison de l'escalier de la maison de la sorcière avec une vieille mère chatte grise nourrissant ses chatons. La question la galvanise. Elle prend une inspiration. *Ibant obscuri sola sub nocte per umbram*, souvenez-vous, je vous ai expliqué l'hypallage dans la nouvelle de Maupassant, merveilleuse figure de style. La revoilà dans ce passage. Lorsqu'on joue aux espions, rappelez-vous, on marche à pas de velours, comme un chat. La sensation de marcher aussi légèrement que s'il avait des coussinets sous les pieds et un poids de chat envahit le souvenir de Brautigan, elle se communique à tout l'espace, cette maison, cet escalier obscur (elle ferme les yeux et tâte comme une aveugle). Il faut imaginer un petit garçon de quatre ans, vous représenter la taille et le poids de quatre ans d'un enfant mal nourri. Il faut vous représenter aussi combien est consolante dans une enfance sans douceur la compagnie des animaux, tiens, vous vous souvenez du petit Vanka de Tchekhov avec la chienne Vioune ? Ce n'est pas pour rien que l'on donne des nounours aux enfants. Il faut sentir sous votre main la douceur d'une fourrure. Vous verrez, dans la nouvelle de Reza, il est aussi question d'un nounours. Il s'est fait tellement doux dans l'escalier qu'il ne pèse pas plus qu'une caresse avec ses pieds de quatre ans. Il est saisi par la paix mystérieuse et souveraine qui règne dans cet escalier. Et quoi de plus mystérieux et souverain qu'une chatte allaitant sa portée jusqu'à ce que ses chatons s'endorment repus ? Vous arrive-t-il d'être repus ? Telle est la paix de la maison de la sorcière. Les images qui ont à voir avec l'enfance doivent être mystérieuses, fragiles et puissantes. Si elles ne le sont pas, il faut les rayer catégoriquement, il faut fermer le livre. Nous pourrions faire un travail qui consisterait à collectionner les comparaisons avec le monde de l'enfance dans chacune des nouvelles que je vous ai données. Il y en a une que j'ai écartée parce qu'elle est trop longue, je ne veux pas vous charger. Mais de fait, je vous ai privés d'une comparaison merveilleuse : *Le vent soufflait sur les éteules aussi doucement que s'il avait eu une soupe d'enfant à refroidir.* Elle écrit la phrase au tableau. Quelqu'un peut m'analyser cette comparaison ? demande-t-elle, tendue vers eux. Ils la regardent, mutiques. Vous connaissez le sens du mot éteule ? Silence. C'est un vieux mot pour désigner les chaumes. Vous savez ce que sont les chaumes ? Elle attend. Silence. Personne parmi vous n'a passé ses vacances à la campagne ? Les chaumes, c'est le nom qu'on donne aux champs une fois qu'ils ont été moissonnés et qu'il ne reste que le pied des tiges de céréales, c'est très désagréable de marcher dans les chaumes. Maintenant, vous avez ce qu'il faut pour analyser. Allons, c'est très simple, regardez chaque mot, je demande des choses si simples que vous ne les voyez pas. Et tout d'un coup, devant ces vingt paires d'yeux braquées sur elle, elle est frappée d'une évidence : la sorcière, c'est elle ! La folle de la nouvelle, c'est elle. Voilà ce qu'ils pensent. Hou, la sorcière ! Ils étudient la science politique et l'économie mondiale, qu'est-ce qu'elle va leur parler de soupe et de coussinets ? Les pauvres chéris, à peine vingt ans, ils ne savent pas qu'ils sont tout petits et terrorisés. La tristesse décompose son visage. Bon, on regarde la construction, soupire-t-elle en retournant s'asseoir à son bureau.

San Francisco

Elle monte l'escalier, son cartable dans une main, le sac de course dans l'autre. Il n'y a pas la place de mettre un ascenseur dans la cage et elle habite au cinquième et dernier étage. Un jour ou l'autre, il lui faudra déménager. Deux fenêtres dans le toit d'ardoise, au-dessus du boulevard Pereire, et une sur la cour. Une chance. Elle n'a pas beaucoup de revenus mais les questions matérielles ont toujours tourné à son avantage. Il faut qu'elle fasse attention. Elle est trop excitée. L'autre soir, elle a rencontré un sociologue qui lui a dit : les étudiants ne veulent que de quoi remplir des fiches, je jette l'éponge. Ce n'est pas vrai. Quand ils racontent les nouvelles, les étudiants se débrouillent très bien, ils montrent qu'ils sont touchés. La porte humaine par exemple, ils l'ont vue, et la porte humaine est sans conteste l'image la plus simple et la plus belle du texte de Brautigan. En comparaison de la poignée comme une main, l'image de la vieille chatte grise est tirée par les cheveux. Pourquoi toujours rejeter la faute sur les étudiants ? C'est moi qui leur coupe le sifflet. Je parle trop, je suis trop excitée. Parfois ça passe, parfois il m'arrive de m'étonner moi-même mais, aujourd'hui, c'était trop. Ils en ont été gênés. Elle l'a lu dans leurs yeux, même dans ceux de Lucie qui sont si beaux. Ils ont fait le gros dos et attendu que ça passe. La chanson m'a déstabilisée. Quelle coïncidence incroyable ! Ses pas résonnent dans la cage d'escalier, l'immeuble est modeste, sans tapis, c'est sa vie. Il ne lui manque plus qu'un chat et le tableau sera complet. Elle essaie de ne pas poser le talon sur les marches, seulement le début de la chaussure. L'homme du second, le galant du boulevard Pereire, l'écoute, elle le sait. Hélène, tu t'es emballée, une fois de plus. Tu t'emballes trop, ça va mal finir. Elle pose le sac et tourne la clé. L'appartement l'accueille, avec la vaisselle d'hier dans l'évier. Il est sept heures du soir, un rayon rose entre par les carreaux. Aux Riaux aussi elle avait le soleil dans sa chambre, et la nuit elle voyait la lune de son lit. Elle ouvre une bouteille de bière et s'assoit sur le canapé. On peut même dire que sa façon de s'asseoir sur le canapé a changé, les jambes croisées dans l'étroitesse de la jupe et balayées sur le côté. Elle soupire. Pauvres enfants, que va-t-elle les ennuyer avec Brautigan et son suicide ? Encore ne leur a-t-elle pas dit le pire, elle ne leur a pas dit que le petit moineau de caniveau qui lui tient compagnie dans la nouvelle, qui lui lance le défi de monter chez la sorcière, il l'avait tué par inadvertance en jouant à viser des pommes avec une carabine. Tel est le matériau de sa vie dont il a réussi à faire des poèmes délicats, comme s'il prenait la douleur avec des pincettes. Elle allume une bougie en souvenir de Laurent. Il y a beaucoup d'ombres autour d'elle, elle ne peut plus les compter, ceux qui sont partis parce que c'était l'heure, ceux qui sont partis trop tôt. Quand même, cette chanson... Comment se fait-il que quelqu'un ait chanté *San Francisco* précisément aujourd'hui, juste avant qu'elle fasse cours sur Richard Brautigan ? Était-ce un coup monté ? Ou simplement une extraordinaire coïncidence, une sorte de poème en action ? Quelqu'un qui écrit avoir remplacé la plomberie de sa maison par de la poésie peut bien se promener dans les couloirs de Sciences Po trente ans après sa mort et inspirer une chanson aux plafonds ? Ma grand-mère la chantait ! Se doutent-ils que je suis grand-mère ? Je n'aimerais pas qu'ils le sachent. Non, je n'aimerais pas, je dois l'avouer, bien que je déteste le jeunisme, je n'aimerais pas. Elle cherche la chanson sur You Tube, branche le haut-parleur. C'est immédiat. Avec ses jambes croisées et balayées sur le côté, son chignon qui se défait, elle met les voiles. *If you are going to San Francisco [...] Summertime will be a love-in there...* Elle n'est jamais allée à San Francisco, sa fille oui. Elle aime cette idée que sa fille fera mieux qu'elle, qu'elle aura une vie plus vaste, qu'elle l'emmènera avec elle au bout du monde, et qu'à leur tour les petits-enfants les tireront dans l'inconnu. Derrière la chanson, elle en entend une autre, *tiens bon la barre et tiens bon le vent, hisse et ho [...]. Nous irons jusqu'à San Francisco.* Ne t'en fais pas, Hélène, tu tiens bon. À quel point tu tiens bon, c'est effrayant. Ils sont tous morts ou malades, et toi, tu danses. Et elle se lève pour danser sur place en serrant un homme imaginaire dans ses bras. *There's a whole generation/With a new explanation.* Elle lance ses chaussures au loin et se dirige vers le coin cuisine. Elle fait cuire du fenouil en rythme, met son couvert, ouvre une bonne bouteille, déplace le chandelier sur la table, tourne en rond en se balançant, s'accoude au balcon. Pieds nus, soleil rose du couchant, et les étudiants bien rangés devant elle, elle les dirige à la baguette, ils chantent dès qu'elle les touche. Le fenouil, c'est long à cuire mais ça sent bon. La pointe du couteau s'enfonce dans le fenouil, c'est cuit. Un filet d'huile d'olive, un peu de citron, du parmesan, du jambon San Daniele. Depuis qu'elle vit toute seule, la nourriture a pris une importance extravagante : elle inspecte les étiquettes, elle trie les conservateurs. À table, à table, c'est servi. Laurent ne supportait pas qu'elle appelle ainsi à table. Il voulait passer à table quand il en avait envie et non quand c'était servi. Vivre à deux, c'est un accord sur les rituels. Sur celui-là, elle avait gagné, sur d'autres, c'était lui. Le plus remarquable, la façon dont, vivant dans ce petit appartement où ils avaient dû se replier, ils réussissaient à se laisser la place l'un l'autre dans l'espace déjà juste pour une seule personne et minuscule pour deux, surtout quand l'un des deux est un géant de la taille de Laurent. Elle a coupé le son. Elle mange. Elle avait raté son premier mariage, et réussi le second parce qu'ils s'étaient accordés sur les rituels, sexe compris. Elle se souvient qu'elle a eu une idée pendant le cours. Ah oui, trouver une nouvelle sur le temps. Elle se lève aussitôt pour s'y mettre, et puis non, elle retourne à table. Résister aux impulsions, finir ce qu'on a commencé. Finir le repas, faire la vaisselle qui traîne, lire le manuscrit dont elle doit rendre une note en fin de semaine, puis chercher cette nouvelle. C'est ainsi, en faisant les choses dans l'ordre, qu'elle luttera contre l'excitation. L'excitation engendre l'inattention. Comme quand elle a oublié de téléphoner à Sonia. Quand elle avait levé les yeux de son travail, emportée par l'excitation de versifier *Les Géorgiques*, il était dix heures du soir. Elle n'avait pas osé téléphoner. Sonia était morte dans la nuit. Si elle avait téléphoné comme elle avait dit qu'elle le ferait, elle aurait su que son état avait empiré, elle aurait traversé le boulevard pour aller la voir, elle aurait appelé un médecin. Ne pas avoir téléphoné à Sonia, c'était comme laisser son chandail dans le gymnase, oublier d'éteindre la lumière, abandonner les clés sur la porte, et s'exciter devant les étudiants, manque d'attention à ce qui se trame dans l'instant. C'est grave. Sa fille n'a pas téléphoné, elle doit être en train de coucher Juliette. Elle est enceinte, fatiguée. Trop fatiguée, la chérie, j'espère qu'on la mettra vite en congé. Elle fait la vaisselle d'hier et d'aujourd'hui. Fume une cigarette à la fenêtre, la nuit est tombée. Ouvre le manuscrit dont elle doit rendre la note de lecture lundi. Début :

— J'ai envie de fumer

— Je t'accompagne.

Ils sortent du café. Novembre est gris. La terrasse est pleine.

Dans cinq lignes, les terroristes vont les abattre. On lit novembre, café, terrasse et on sait où on va, condition du lecteur professionnel. Croire qu'un jour on tombera sur une perle. Elle se force à lire phrase après phrase, à épouser l'intention de l'auteur. Dix, douze fois par mois la même gymnastique. Parfois on lui confie la réécriture d'un manuscrit. Pas vraiment un travail de nègre mais bien plus que des corrections. Des manuscrits de sportifs, de médecins, d'aventuriers qui lui font passer des nuits blanches. Elle avait accepté ce travail avec un peu d'hésitation, en attendant de publier son deuxième roman, et c'est comme ça qu'elle avait rencontré Laurent qui était devenu son mari. Fatigue. Fatigue. Sur un dos d'enveloppe, elle note deux, trois choses pour sa fiche. On est jeudi. Ça la fatigue. Le découragement rampe autour d'elle. Elle le repousse comme une bestiole qu'on chasse à coups de savate. Quelle soirée désolante, elle pourrait écouter la radio mais elle s'est guérie de cette addiction qui l'avait emportée à la mort de Laurent. Il vaut mieux lire un mauvais manuscrit qu'écouter une bonne émission. Elle s'accroche, quitte à de temps en temps sauter de paragraphe en paragraphe en ne lisant que la première phrase. Elle remplit le dos de l'enveloppe de citations et puis elle va se coucher sur son matelas que Laurent n'aura pas connu car elle l'a acheté après sa mort. Il y a beaucoup de choses dont elle profite maintenant qu'il est mort et elle s'en sent vraiment honteuse. Avoir attendu sa mort pour trouver un bon matelas !

Autant de choses irrattrapables comme l'histoire de Brautigan et de son camarade qu'il tue par inadvertance. Dans le lit, elle allume son ordinateur et consulte sa messagerie. Elle ne la consulte qu'une fois par jour. Facile quand on n'aime personne. Rien de bien important ce soir. Elle hésite à ouvrir celle de Sciences Po, à quoi ça sert, les étudiants n'écrivent jamais. Ceux de l'année dernière écrivaient au moins un mot pour s'excuser de leur absence, c'est à croire que cette année la pratique est tombée en désuétude. Ah, elle allait oublier de leur envoyer la nouvelle de la prochaine séance, Buzzati. Elle rédige un mail collectif : « Bonsoir à tous, nous abordons jeudi prochain le thème du couple avec une nouvelle de Dino Buzzati, « Esclave » que vous trouverez en pièce jointe. Bonne lecture et bonne semaine. Mme Bourguignon. » Elle va lire la newsletter. Pendant qu'elle la lit, un message arrive. Marion Ropart... Qui est-ce déjà ? Que peut-elle bien vouloir ? J'ai peut-être oublié de joindre la nouvelle. Elle clique : « Madame, pourriez-vous me dire de quelle nouvelle provient la comparaison que vous nous avez indiquée en fin de cours ? Merci beaucoup. Marion. » Oh ! Il y a quelqu'un que la comparaison a touché ! Banco ! Elle clique sur le trombinoscope. Ah oui, c'est elle, avec son petit front bas et ses yeux noirs, qui rejette toujours ses cheveux en arrière. Je n'ai encore jamais entendu sa voix. Née en 1998, mention TB, langues anglais, russe. Ah oui, j'avais noté qu'une de mes étudiantes avait fait du russe, c'est devenu si rare. Elle répond : « Bonsoir, Marion, la citation est extraite de "Tonka", une nouvelle de Robert Musil du beau recueil intitulé *Trois femmes*. Je me ferai un plaisir de vous le prêter. À jeudi prochain. Mme Bourguignon. » Eh bien voilà la preuve que les étudiants ont envie d'autre chose que de remplir des fiches. Elle envoie le message, glisse l'ordinateur sous son lit, avale son somnifère et s'applique, suivant en cela le conseil de Marc-Aurèle et de l'aumônier de Nanterre, à réviser pas à pas le déroulement de sa journée. Jusqu'à perdre la conscience.

Des êtres singuliers, décrépits et charmants (« Les Petites Vieilles » des *Fleurs du Mal*)

Le mercredi et le vendredi après-midi, Hélène retrouve Laetitia à la piscine. Elles ne fument plus et font vingt longueurs par semaine. Il ne s'agit pas uniquement de garder un corps un tant soit peu désirable mais de prendre soin de soi. Le contraire de ce qu'avait fait Xavier pour qui l'idée était carrément vulgaire et l'expression un anglicisme. L'alcool et les cigarettes, le don par générosités répétées de l'argent qu'il gagnait l'avait précipité dans une mort précoce. Car il avait gagné de l'argent. Dans les embouteillages, au patron de la société immobilière qui l'avait embauché comme chauffeur-livreur à la sortie de son service militaire et s'enquérait aimablement de sa personne, il avait avoué parler latin, grec et allemand. Au lieu de jouir du fait charmant d'avoir un chauffeur si lettré, le patron philanthrope n'avait eu de cesse de lui proposer une promotion – c'était dans les années 70 –, le sermonnant quotidiennement surtout à partir du moment où il sut qu'il allait être père. Xavier, particulièrement têtu, était le dernier parmi ses amis à ne pas avoir rejoint le club des nantis. À dix-sept ans, il avait pris ses repas à la cuisine pendant un an parce que son père ne voulait pas qu'il passe à table sans être allé chez le coiffeur. La famille déjeunait, dînait à la salle à manger et lui à la cuisine avec la bonne et ses cheveux sur les épaules. Mai 68 était arrivé, Xavier avait refusé de passer ses concours d'entrée aux grandes écoles, les pavés avaient volé sous les fenêtres de leur grand appartement de la rue de Tournon, et le père, abasourdi, avait lâché. Hélène, elle, venait d'entrer en seconde au pensionnat de Notre-Dame des Fruits et des Fleurs de Bourges. Laetitia était sa meilleure amie. Des événements de 1968, elle n'avait qu'un seul souvenir : les pères des externes venus faire la ronde autour de l'établissement pour protéger leurs filles des lycéens qui menaçaient d'entrer un jour de grève nationale. Au soulagement d'Hélène, à peine avoué, Xavier avait cédé à son patron, laissé le scooter du livreur et la Rover du chauffeur pour les bureaux. En ce temps-là, Hélène non plus n'était pas du genre à prendre soin d'elle. Elle dédaignait la mode, et la joie de vivre était sa crème de beauté. Elle aurait aimé en plus être jolie. Comment savoir si elle l'était ? A fortiori maintenant ? Personne ne le lui a jamais dit, que sa fille. Mais peut-on croire un enfant sur ce plan ? Ni sa mère, ni son père, ni ses frères, ni ses amants, ni ses maris, ni ses copines, ni son miroir, personne ne lui a dit tu es belle. Autant ignorer la question. Dans les contes, l'aînée est laide et méchante, la cadette belle et sage. Elle n'a pas de sœur, elle est multiforme, voilà à quoi servent les sœurs, à se différencier. Elle était ce que Dieu l'avait faite, il n'aurait pas été convenable de s'en plaindre. Jeune fille, elle avait avancé sans se retourner, guidée par la lumière naturelle dont leur avait parlé leur prof de philo adepte de saint Thomas d'Aquin, une lumière au fond de nous qui accorde foi et raison. Xavier faisait partie du programme, elle était tombée amoureuse, c'était le mari que Dieu lui avait donné. Il avait bien voulu se marier. Elle poursuivrait ses études jusqu'au DEA, elle serait professeur un jour. Ils vivaient de peu, retournant à Sainte-Croix-de-Lozère l'été, parenthèses de jeunesse où le groupe se retrouvait, tournant des vidéos surréalistes avec des armoires trimbalées dans des champs, parlant de sociologie, de psychanalyse, de Grotowski. Des enfants étaient nés et firent envie à Hélène. Elle terminait à

Nanterre son DEA de littérature comparée, elle se disait que ce serait pour bientôt.

Quand elle va chez Lou, elle se souvient de Xavier.

Elle n'était pas comme la petite criminelle de la nouvelle de Buzzati. Elle voulait offrir un amour désintéressé. Sur ce point elle était sincère. Elle avait un exemple, Xavier. Xavier, toujours prêt à ouvrir sa bourse à qui en avait besoin plutôt que de capitaliser. Que l'amour exigeât des sacrifices comme vivre du salaire d'un chauffeur-livreur, c'était la preuve de sa force. Par une ironie du sort, ces sacrifices avaient tourné à l'avantage d'Hélène. C'est elle qui, des années après leur séparation – 2000 moins 1989, onze ans – qu'il prenait soin de rendre financièrement supportable, avait publié un roman, *Les Bonheurs de Sophie*, même s'il n'y en avait eu qu'un, si le second attendait toujours un éditeur dans son tiroir. C'est elle qui avait vécu le meilleur de la libération gagnée en 1968. Mais est-ce bien une ironie du sort, se demande-t-elle à présent. N'y a-t-il pas en moi une force aveugle, d'autant plus forte que je l'ignore, prête à tout écraser sur son passage ? Quand elle a quitté Xavier, ses amies lui ont dit : c'est normal, il te trompait. Bof, non, ça avait été une excuse commode. Et elle ne leur avait pas parlé de Dick.

Elles se déshabillent, chacune dans une cabine, casent leurs habits sur le cintre, enfilent leur maillot, ouvrent leur porte quasi en même temps et marchent à la conquête du bassin.

Sans Laetitia, amie de longue date, témoin de sa vie, Hélène n'irait pas à la piscine, endroit désagréable entre tous. Le maillot dont la matière artificielle a à peine l'air d'un tissu, muni d'un élastique qui provoque un bourrelet, la lumière effroyable, le bonnet de bain obligatoire, tout blesse l'œil. Ne parlons pas de l'odorat. Laetitia lui dit pense à tes jambes, pense à ton ventre, pense à tes jupes. Ah oui, mes jupes, c'est vrai que j'ai mes jupes. Elle devait l'idée des jupes à Sciences Po, mais également au fait d'avoir maigri après la mort de Laurent. Elle avait comme redressé la barre de son chagrin en en tirant parti. Elle se plaisait mieux qu'avant, elle se disait qu'elle ressemblait à quelqu'un qu'elle aurait aimé être. Tu sais quoi, lui dit Laetitia, ce n'est pas toi qui tomberas amoureuse, mais quelqu'un qui tombera amoureux de toi. Et tu n'en reviendras pas. D'ailleurs, à mon anniversaire, il m'a semblé que… —Que quoi ? —Je ne suis pas aveugle. —Je ne vois pas à quoi tu fais allusion. Allez, à l'eau. Elles plongent. Ce sont de bonnes nageuses qui alignent les longueurs, tendent les bras loin devant elles, expulsent jusqu'au bout l'air de leurs poumons, battent des jambes, de belles mécaniques entraînées. Elles vont sortir de l'eau, se faire un brushing, se remaquiller, se séparer Porte Maillot, marcher jusque chez elles, solitaires, courageuses, singulières, décrépites et charmantes, s'inventant une occupation pour attendre la nuit. Ce soir, la difficulté est résolue, Hélène va garder Juliette pendant que ses parents sortent.

Dans le foyer de sa fille, l'attention existe au carré. Il y a forcément un point aveugle à cette attention, personne ne peut tout voir, on n'est pas des mouches. Elle reconnaît dans sa fille le même élan, le même allant, le même sourire que les siens. Plus jolie, plus intelligente, plus déterminée, plus sérieuse, plus volontaire, plus ambitieuse, mais bien sa fille. Une fille, une mère, une épouse, une consultante-directrice depuis l'année dernière, une jeune femme qui entend s'amuser, enceinte de son deuxième enfant. Elle veut tout. Comment ne pas avoir peur pour elle ? N'est-ce pas s'offrir au malheur que de tant demander ?

Sur le pas de la porte, Lou n'en finit plus de faire les dernières recommandations pendant que Simon lui rappelle qu'ils sont en retard. Comme elle est belle dans sa petite robe courte qui marque à peine son ventre. Comme sa jeunesse est vivante, comme son chignon lui va bien. Et cette façon qu'elle a de bouger, de se pencher vers

Juliette pour la prendre dans ses bras avant de la confier à ceux d'Hélène, d'éparpiller la gaieté autour d'elle, de rejoindre en courant Simon qui est parti chercher la voiture. Hélène entend les pas de sa fille descendre l'escalier, puis claquer la porte du hall. Qu'est-ce qu'on va faire ? On va jouer. On va faire des gommettes. Si tu veux, ma chérie. Hélène n'est pas très douée pour jouer. Elle regarde les petits doigts réussir l'exploit de décoller une gommette – cette enfant est très intelligente – et de la recoller sur une feuille blanche, pas question d'avoir un modèle, sa mère veut qu'elle invente. Hélène en prend une à son tour, et fait semblant de réfléchir à l'endroit où elle va la poser, demande à Juliette : là, ou plutôt là ? Là. Là, d'accord. Hélène pose un petit triangle orange juste au-dessus d'un rond vert. Juliette réplique. Hélène fait semblant de trouver ça beau. Elle devrait pouvoir jouer sans faire semblant mais elle doit reconnaître qu'elle fait semblant. Se plier à un temps qui n'est pas le sien, vraiment, c'est difficile. Ok. Toutefois, à condition de le faire avec sérieux, il se passe des choses pendant qu'on fait semblant. Faire semblant est déjà une action. L'action, si menue soit-elle, vous empoigne et vous répond. Vous inventez, vous posez des gommettes au hasard et vous dites, tiens, regarde, un oiseau ici. Vous êtes récompensés. Je vous reprends le raisonnement des qualités de l'action. Premièrement, l'action confère la plénitude de la réalité aux mobiles qui la produisent. Examinons la nouvelle de Buzzati à la lumière de cet axiome. Le mobile: Clara veut se débarrasser de Luigi; l'action: elle fait un gâteau au poison. Le mobile devient réalité. Pareil en amour, vous dites je t'aime, voilà le mobile, vous vous levez le premier ou la première pour acheter des croissants à l'autre, voilà l'action. Vous avez sorti le mobile de sa réalité semi-fantomatique. C'est déjà beaucoup mais, deuxièmement, vous étant levé, vous profitez du petit matin, soleil ou pluie peu importe, vous dites bonjour au boulanger, vous sentez la bonne odeur du pain frais, vous rentrez gonflé auprès de l'autre qui roupille encore. L'action vous a rendu l'effort que vous lui avez donné. Vous comprenez maintenant les qualités de l'action ?

Quand Laurent a été malade, la sollicitation constante de l'action l'a soutenue, mais lui, qu'est-ce qui l'a soutenu ? Les jours de cafard, elle rouvre ses agendas, pendant longtemps si vivants, voyages, dîners, rendez-vous professionnels. Le blanc gagne progressivement ceux des deux dernières années, coupé par l'heure des rendez-vous à l'hôpital, et vers la fin, de sa main à elle, par la mention quotidienne de son poids et de son taux de coagulation sanguine. Avait-il dans les minuscules actions à sa portée de quoi agiter sa vie ? Oui, certainement. Cela est devenu une évidence le jour où on l'a plongé dans le coma. Et dans le coma, une sorte de vie était encore maintenue par la grâce des appareillages médicaux. Il dormait. Il rêvait. Elle le regardait. On moque La Palice d'avoir dit : Un quart d'heure avant sa mort, il vivait encore, mais elle sait combien c'est juste. Combien l'amour pouvait se sustenter de la présence. Jusqu'au moment précis, bien plus précis qu'un quart d'heure, une fraction de seconde, où le monitoring cardiaque a indiqué la ligne droite de la mort et alors quelque chose est tombé par terre qu'on ne pourrait plus ramasser. Mais où est passée Juliette ? Tour dans l'appartement, inquiétude d'abord puis frayeur déraisonnable, elle ne peut pas être sortie, elle n'atteint pas les poignées de porte. Juliette, Julieeeette… appelle-t-elle d'une voix chantante et coquine, où es-tu ? Et explosion de rire, l'enfant est derrière la porte de la cuisine, tremblante d'excitation, rieuse parce qu'elle vient d'être trouvée, tellement heureuse d'être trouvée.

Robert Musil

C'est un petit cartable en cuir noir, sa poignée est usée, il ferme à l'aide de deux languettes à clapet. Un vieux petit cartable tel que les messieurs à la retraite en ont, un vieux petit cartable bossu, cousu et recousu, fatigué. Il a appartenu au grand-père de Laurent qui fut chauffeur de Sarah Bernhardt. Il a transporté les papiers de la De Dion, les passeports et le texte des pièces de théâtre de Saint-Pétersbourg à Moscou, d'Istamboul à Smyrne. Le jour où elle a rencontré Laurent, il contenait le premier manuscrit de son livre sur les rites funéraires en Asie. Maintenant, du boulevard Pereire à la rue Saint-Guillaume, aux maisons d'éditions qui s'expatrient dans les quartiers périphériques, il tourne dans Paris. Avec de rares excursions à Bois-d'Arcy quand il arrive encore à Hélène d'aller faire un atelier de lecture à la Maison d'arrêt. Il patiente alors dans le noir d'un casier avant les portes qui ne sont pas des portes humaines parce qu'elles n'ont pas de poignée.

Elle a mis du temps à oser l'utiliser. « Je lègue tous mes biens à mon épouse. » La phrase l'avait bouleversée. Tous mes biens. Tout. Ce cartable, ce petit couteau offert pour ses sept ans, cette carafe donnée par son père, ses comptes en banque. On ne reçoit pas de la même façon ce que l'on vous donne et ce que l'on vous lègue. Dans un legs, le don est pur, on ne peut pas remercier. Ce cartable est à elle tout en étant à tout jamais le cartable de Laurent. Et chaque fois qu'elle le prend, elle en est comme augmentée. Pour l'heure, posé sur la chaise de son bureau, il attend d'être rempli. Il lui faut le Musil pour Marion Ropart. Pourvu qu'elle ne l'ait pas laissé chez ses parents. Elle se plante devant sa bibliothèque. Quand ils ont déménagé, elle avait rapatrié beaucoup de livres aux Riaux. Dans le petit boulevard Pereire, ils avaient chacun un mur. Il fallait se débrouiller pour y caser l'essentiel. Musil n'est pas chez elle. Donc il doit être chez lui, sur le mur d'en face. Demi-tour. Eh oui, tout Musil s'y trouve. Pourtant c'est le sien, marqué de son ex-libris : « Donné par Xavier pour mes dix-neuf ans, Les Riaux, le 22 mai 1973 », suivi de sa signature appliquée de jeune fille : Hélène

Bourguignon. Laurent et Xavier, outre le fait de l'avoir épousée, partageaient le même amour de la langue et de la littérature allemandes. Un jour, Laurent avait dû compléter sa collection des œuvres de Musil en faisant glisser l'exemplaire d'un mur à l'autre. Laurent aimait les voyages et l'ordre. Laurent est mort depuis sept ans et cache encore dans l'appartement des indices de sa présence. Parfois, elle trouve une feuille dans un livre avec quelques notes, ou simplement une carte postale qui indique la page où il s'est arrêté dans sa lecture. L'espace d'un instant, la perception du temps devient poreuse, flottante. Elle entre dans les petites choses qu'il faisait pour lui seul et un trouble presque érotique l'envahit, comme si l'illustration de la carte postale lui dévoilait une partie de lui-même qu'il ne lui avait pas montrée. Comme c'est étrange de surprendre l'intimité de quelqu'un dont on a partagé la vie. Non, pas la vie. Vingt ans n'est pas la vie, mais un quart de la moyenne européenne de vie. Elle le voit bien à la façon dont depuis sa mort l'enfance et la première jeunesse ont refait surface et dont elle se demande que faire de l'étendue de temps qui s'ouvre devant elle, tu ne vas pas vivre pour toi toute seule c'est ridicule, c'est dégradant une vie qui ne sert qu'à soi. Xavier aussi est mort, bien après qu'ils se sont quittés. Elle vit boulevard Pereire où il a vécu avant eux et elle regrette de ne plus trouver d'indices de sa présence à lui, alors que c'est elle qui les a effacés.

Il n'y a rien dans le Musil, des phrases soulignées par elle, quelques-unes recopiées sur la dernière page comme à son habitude. Elle le glisse dans le cartable à côté du recueil de Buzzati. Plus aucun indice ? Elle ressort le livre du cartable, relit l'ex-libris : « Donné par Xavier pour mes dix-neuf ans, Les Riaux, le 22 mai 1973, Hélène Bourguignon. » Et ce livre alors ? Elle vient de passer sur l'indice sans le remarquer. Ah, sa distraction est à l'aune de la façon dont elle brade son passé avec Xavier. Son premier cadeau, offert pour ses dix-neuf ans, qu'un jour Laurent, homme d'ordre, avait rapatrié de son côté. Un cadeau qui attendait silencieusement qu'elle s'en souvienne. Qu'elle remercie. Qu'elle remercie pour toutes les fois où elle ne l'avait pas fait. C'était sa première venue aux Riaux. Ils étaient descendus dans sa deux-chevaux et il était resté déjeuner. Ses parents avaient été consternés par ses fréquentations. Xavier s'était vanté de ne pas s'être présenté aux concours d'entrée aux grandes écoles, d'avoir pris le premier boulot que lui proposaient les Assedic après son service militaire, chauffeur-livreur, d'être libre et d'aimer la poésie. C'est elle qui avait précisé qu'il écrivait des beaux poèmes. Au moment du fromage, il avait allumé une gauloise sans prévenir, sans demander la permission, et elle avait eu honte. Il avait continué sa route vers Sainte-Croix-de-Lozère où l'attendait le groupe de ses copains et avait laissé ce livre pour elle. Un mois plus tard, elle le rejoignait. On ne peut pas retenir une fille qui désire. Lumière de mes dix-neuf ans. La vie communautaire lui paraissait tellement plus forte que sa jeunesse passée à l'ombre de parents arc-boutés sur la tradition. Xavier la poussait dans les bras de ses copains, elle obéissait, elle était fière. Elle se disait qu'elle incarnait le changement de la société. Il y avait tant d'innocence en eux. À l'époque, ce livre, elle n'avait pas réussi à s'y intéresser. C'est Xavier qui l'avait ramené à Paris après leur mariage et c'est Laurent, des années plus tard, qui lui avait ouvert les yeux sur la beauté de « Tonka ». Dans sa vie, chacun s'y est mis à tour de rôle pour lui ouvrir les yeux, pour lui donner quelque chose. Sans doute y avait-il un signe derrière le cadeau de ce livre, un signe qu'elle n'avait pas su déchiffrer à l'époque, elle était tellement bête. Tonka ne savait pas répondre aux questions, Tonka ne savait même pas que les actes ont des conséquences. Tonka en mourait. Sauf que, dans leur histoire à eux, c'est Xavier qui était mort. Elle va confier à une étudiante qu'elle connaît à peine ce témoin de sa vie, un livre que n'importe qui peut acheter sur

Internet pour un euro cinquante ? Ne vaudrait-il pas mieux qu'elle se dédise ? Elle range le livre dans la bibliothèque, du côté de Laurent, puis non, elle le met du sien. Puis non, elle le remet dans le cartable. Elle fera des recommandations à l'étudiante. L'envie de lire est fragile et s'évapore comme l'arc-en-ciel. Elle glisse la photocopie entièrement surlignée d'« Esclave » protégée par une chemise transparente. Quelle idée de leur avoir donné à lire « Esclave », d'entamer le thème du couple par le mot esclave. Les trois dernières séances du semestre sont consacrées au thème du couple illustré dans des nouvelles de Buzzati, Tchekhov et Reza. Elle s'en veut de la noirceur de ces nouvelles. Celle de Reza, elle saura la tirer vers le clair, mais Buzzati et Tchekhov ! Est-ce qu'il y a chez Tchekhov une seule nouvelle positive sur le couple ? Il serait encore temps d'en changer. À qui demander ? Qui autour d'elle connaît assez bien les nouvelles de Tchekohv pour lui éviter de toutes les relire ? Quand on creuse un peu, on s'aperçoit que les gens n'ont rien lu. Ils ne peuvent même pas vous dire comment se termine *Guerre et Paix* ou même *Le Père Goriot*. « Esclave » est merveilleusement machinée mais a-t-elle envie, alors qu'elle sait que ce qu'on lit déteint sur nous, alors qu'elle s'est donné pour mission secrète de pousser par la lecture ses étudiants vers le bien, vers le bon, vers le beau, a-t-elle envie qu'ils se frottent à deux personnages aussi minables ? Elle a pensé à elle avant tout. Avec cette nouvelle, elle est sûre de son effet. Jamais les étudiants ne voient l'image cachée dans la fin du texte, et quand elle la leur montre, ils sont tellement stupéfaits qu'elle doit se retenir pour ne pas se rengorger comme une poule sur son œuf. Maintenant qu'il est dans le cartable, le Musil laisse un trou sur le rayonnage de la bibliothèque.

2018 moins 1973, quarante-cinq ans. Elle avait dix-neuf ans. Xavier avait une deux-chevaux. À l'époque, avoir une voiture était si merveilleux, on ne pensait pas au dérèglement climatique. Il lui disait que la fidélité, ce n'est pas ce qu'on croit. Il était si sûr d'avoir raison. Ils s'arrêtaient pour s'embrasser, pour faire l'amour au bord du chemin, elle l'avait dit à l'aumônier de Nanterre. Les voitures, c'est excitant. Lumière de mes dix-neuf ans. Amour de mes dix-neuf ans. À Nanterre, il y avait des professeurs qui imitaient les professeurs américains assis en tailleur sur l'herbe des campus au milieu de leurs étudiants. Oui, quand elle est arrivée à Nanterre, il y avait encore des professeurs qui faisaient cours assis en tailleur dans l'herbe et qui étaient de bonne foi. Elle en avait eu un. Elle pouvait dire qu'elle avait connu ça. Elle n'avait pas connu le *Summer of Love* mais elle avait connu un prof assis en tailleur dans l'herbe. Il lui semble qu'il n'y en avait déjà plus quand elle a terminé son DEA. Comment ont-ils manœuvré pour réintégrer les classes sans perdre la face ? Un jour on dit : bon, maintenant on rentre ? Brautigan, San Francisco, l'amour et la gestion libres, on tourne la page, on met une croix sur ses rêves, on reprend le collier ? 2018 moins 1973, quarante-cinq ans. On fait de la vie privée le seul espace de sa liberté. Qui maintenant irait faire cours à Sciences Po assis dans la cour ? Elle ? Tout à l'heure par exemple ? Il fait beau, demain c'est le 1er mai, son cours s'y prête. Ils pourraient tous s'asseoir sur les escaliers, ce serait même confortable. Ils ne le feront pas, bien sûr. Un jour, elle arriverait, le temps se serait rembobiné. Ils n'auraient plus les mêmes têtes si sages, si propres, ils auraient des cheveux longs, des chemises fleuries, les filles auraient enlevé leur soutien-gorge. Le tissu caresserait leurs seins libres, vifs et tendres. Depuis quand les siens n'ont-ils été touchés ? On s'assiérait par terre et chacun donnerait son avis sur la nouvelle. Ils s'écouteraient les uns les autres, parlant à leur tour. « Habitue-toi à être attentif à ce que l'autre dit, et autant que possible, entre dans l'âme de celui qui parle », Marc-Aurèle, livre VI. Oui, cela aurait pu être une devise de 68, le mot âme en moins (mais par quoi le remplacer ?). L'année prochaine, elle passe à Marc-Aurèle. *Pensées pour moi-même*. Marc-Aurèle, Chamfort, Perros, des auteurs qui examinent leur vie, avec Épictète en fond de tableau. Du fragment au précepte, ce pourrait être le titre à proposer à la direction des études. Il faut qu'elle demande un rendez-vous.

Avant de ranger son carnet dans le cartable, elle regarde la liste de ceux qu'elle a déjà interrogés. La dernière fois, c'était Noémie. Voyons, eh bien pourquoi pas cette Marion avec son petit front bas, j'aimerais bien savoir comment elle se débrouille. Un paquet de Spéculoos, ses biscuits préférés, et dans la poche arrière munie d'une fermeture Éclair extérieure ses papiers, son téléphone et ses tickets de métro, on n'a pas besoin d'ouvrir le cartable pour y accéder, c'est pratique. Un dernier tour de l'appartement. Au moment de le quitter, elle est parfois prise de l'angoisse de tout perdre en descendant dans la rue. C'est encore pire le soir quand elle éteint les lumières. Éteindre la lumière est par trop symbolique. Tour de clé. Ferme la porte mais pas ton cœur. Elle descend les escaliers. Elle prend l'allée des jardins de la Petite Ceinture, sous les tonnelles de roses.

Dino Buzzati

J'ai rédigé quelque chose sur la comparaison que vous nous avez écrite au tableau la dernière fois, dit Marion à qui elle vient de donner le livre de Musil en lui recommandant d'en prendre soin. Quelle bonne surprise, merci, Marion. Elle suit des yeux avec attendrissement la jeune fille qui va s'asseoir. Le cours commence bien, elle se promet de retenir la moindre envolée. Les étudiants arrivent les uns après les autres, Lucie, Ludivine, Thomas, Noémie, Hamed, Cléo, Jean, Guillaume, Benoît, Victor, Nurith, Quentin qui dépose sur chaque table y compris son bureau un flyer avant d'aller s'asseoir – tiens, c'est nouveau – à côté de Marion. Quentin, c'est celui qui a raconté la nouvelle de Maupassant à partir des *habitus* de classe. Il sait beaucoup de choses, mais pas les mêmes qu'elle. Il croit qu'Andromaque est un homme. Après tout, n'est-ce pas extraordinaire qu'il y ait toujours des gens pour savoir qu'Andromaque est une femme ? Marion s'est tournée vers lui en rejetant ses cheveux en arrière. Cette jeune fille a quelque chose de brusque. Elle dit : Allez, Marion, racontez-nous la nouvelle de Buzzati.

Marion vient se placer face à la classe. À la façon dont elle prend le temps de se concentrer, Hélène devine qu'elle suit des cours de théâtre, centrez-vous, faites le vide, disait leur prof de Nanterre qui n'avait qu'un seul bras et venait du théâtre de l'Aquarium. Marion attaque d'une voix ferme :

C'est l'histoire de Luigi, un homme déjà vieux, soixante ans, qui rentre à la maison et qui décide de surprendre sa femme qu'il adore et qui est plus jeune que lui. Marion marque un temps. Sa femme ne l'a donc pas entendu rentrer. Nouveau temps, regard sur la classe. Elle crée le suspens, pense Hélène, amusée. Clara, sa femme s'appelle Clara, est dans la cuisine, Luigi la voit de dos en train de terminer la confection de ses petits gâteaux préférés. Il se réjouit. Nouveau temps. Leur prof – peut-être est-ce dans un accident de moto qu'il avait perdu un bras, il ne faisait jamais allusion à ce bras manquant et nous nous efforcions de faire comme si on ne le remarquait pas alors qu'on ne voyait que ça, on allait le voir à la Cartoucherie de Vincennes, c'était route du champ de manœuvre, l'odeur de crottin de cheval vous y accueillait – disait que tout était dans les silences. Comme Clara est très concentrée, poursuit Marion, et qu'il a de plus en plus mal à l'estomac, vous saurez plus tard qu'il revient de chez le médecin, il se demande tout en en repoussant l'idée avec horreur si elle n'est pas en train de disposer du poison sous les cerises confites. Sous le coup d'un si terrible soupçon, Luigi pousse un soupir et Clara se retourne, le visage plein de l'effroi d'être surprise, mais se reprend très vite et fait disparaître la petite poire avec laquelle elle déposait quelque chose sous la cerise. Marion se gratte le menton, esquisse deux ou trois pas. La classe rit. Le soupçon le travaille, ne le lâche pas, reprend-elle. Pour quelle autre raison que l'intérêt une femme aussi jeune et aussi belle accepterait-elle de vivre avec un vieux comme lui ? D'un geste, Marion indique une direction. Il va regarder l'enveloppe dans laquelle est caché son testament et en la mettant à la lumière devine qu'elle a été décollée. Marion fait semblant d'agiter un papier et, regardant la classe dans les yeux, déclame : Alors, avec courage, pendant le dîner, de la soupe à la tomate, il lui avoue son soupçon : j'ai pensé que tu étais en train de m'empoisonner. Marion s'approche des étudiants : Clara qui depuis le début du dîner était tout miel se métamorphose, son sourire devient un rictus de haine. Elle lui dit puisque c'est comme ça, je les jette et je fous le camp, j'en ai marre de cette baraque ! Comme elle crache sa colère, admire Hélène qui se souvient de n'avoir jamais réussi à crier sur scène, d'ailleurs dans la vie non plus. Marion change de voix en passant d'un personnage à l'autre. Non non non, je plaisantais. Ne jette pas les gâteaux, je vais les manger. Luigi essaie d'en attraper un mais Clara tient le plateau à bout de bras au-dessus de sa tête. Il supplie. Alors elle dit : d'accord mais demande pardon, et à genoux. Marion se met à genoux. Pardon ! Clara dit : trois fois. Là, faisant sursauter la classe, Marion hurle trois pardons à fendre l'âme. Pardon ! Pardon ! Pardon ! Qu'est-ce qui lui prend ? Beaucoup trop fort pour ce pauvre Luigi ! C'est dommage, elle était si bien partie dans le ton de la comédie. Elle se tient le ventre. Est-ce du jeu ou se trouve-t-elle mal ? Une gêne flotte dans la classe. Hélène se demande si elle doit intervenir. Mais Marion se relève et, le visage écarlate, articule : Alors il mord dans les gâteaux, heureux de pouvoir mourir de la main de Clara.

Silence.

Personne ne rit.

Quelqu'un applaudit timidement, les autres suivent tout aussi timidement. Marion rejoint sa place en bousculant une table et cache sa tête dans ses mains. Remettez-vous, Marion, dit Hélène, je vous remercie de votre prestation.

Et voulant dissoudre la gêne provoquée par ce débordement d'émotions, elle lui demande si elle prend des cours de théâtre. J'en ai pris au lycée, dit Marion. Moi aussi, sourit Hélène qui enchaîne avec douceur : Vous avez très bien démarré dans le registre de la comédie. Vous avez mis en valeur le traditionnel personnage du vieil amoureux ridicule. Mais expliquez-nous pourquoi dans le dénouement vous avez quitté ce registre ? — Je sais pas... J'ai senti comme ça. Elle fond en larmes. Et les autres ? Trouvez-vous que Marion a eu raison de sortir de la comédie ?

D'habitude, ils sont laudatifs les uns envers les autres mais cette fois ils ne savent pas quoi dire. Ludivine se jette à l'eau.

— Je ne trouve pas la nouvelle comique. Je ne trouve pas Luigi ridicule. Il aime Clara. Il ne peut pas vivre sans elle.

— C'est plutôt pathétique, dit Victor.

— Oui, c'est vrai, murmure la classe.

Chaque année c'est pareil, chaque année la classe défend Luigi.

— Personne n'a trouvé ça drôle ?

Silence.

— Benoît ?

— Non, pas vraiment. Mais ridicule, oui. Il est là, comme un toutou, à essayer d'attraper ses gâteaux.

La classe rit.

— Un toutou ? Développez.

—Ben je sais pas, il est à quatre pattes devant elle.

—Bonne piste. Il y a d'autres choses qui vous font penser à un toutou ? Oui, Nurith ?

—Il répète ce qu'elle lui dit comme un chien à qui on fait faire des tours.

—Encore ? Une forêt de doigts se lève. Oui, Quentin ?

—Quand Buzzati écrit *Luigi prit un gâteau et mordit voracement dedans*, le lexique se rapporte à l'animal plutôt qu'à l'être humain.

—Bien ! vous voyez comme Buzzati guide notre pensée.

Toujours des doigts levés, le texte leur devient lumineux alors ils ont envie d'en faire part, ils ne voyaient pas le texte et maintenant ils voient, ils étaient aveugles et leurs yeux se sont ouverts.

Oui, rappelez-moi votre prénom ?

—Sophie

—Oui, Sophie ?

—Et puis Clara abaisse le plateau de gâteaux jusqu'à Luigi, comme quand on donne un sucre en récompense à un chien qui a bien exécuté ses tours de dressage.

—Excellent. Maintenant je vous pose une question : Sommes-nous dans le registre du pathétique comme le suggérait Victor ? Vous vous souvenez de la façon dont on repère le registre du pathétique ?

—La figure de l'amplification, dit Hamed.

— Exactement. Est-ce que l'image du chien amplifie l'émotion dans le texte ?

— Euh, non, répond Hamed en hésitant.

— Bien sûr que non. L'image qui apparaît dans la posture de Luigi le diminue au contraire, le ridiculise. Elle provoque entre lui et nous une distance qui permet à notre fonction critique de s'exercer. Comme vous le savez, la comédie a une fonction critique.

Ma petite Hélène, tu as bien fait ton petit Socrate, te voilà arrivée à ton troisième temps, le développement moral. Tu les as conduits vers l'analyse morale. Tu vas partir du titre, *Esclave*, tu vas citer La Boëtie, tu vas leur faire mettre en évidence primo le mensonge minable de Luigi *je plaisantais*, deuzio sa soumission et tu vas conclure sur l'adjectif *abject* qu'ils n'ont pas encore repéré : *avec un abject soulagement de tout son être il mordit voracement dans les gâteaux.* Abject, du latin *ab jacere*, jeter au loin. Abject, ça veut dire ça, quelque chose que l'on rejette loin de soi, quelque chose d'indigne de la condition humaine. Luigi, par sa soumission volontaire, mérite le bannissement. Notez l'étymologie d'abject, s'il vous plaît, se reprend-elle.

— On avait balance ton porc, maintenant on a balance ton chien, dit Lucie qui parle pour la première fois et dont les yeux d'un bleu si pâle, les cheveux d'un blond si blanc, la peau si nacrée ne laissaient pas supposer un tel humour.

La classe éclate de rire.

Oups ! Un bruit mat. La tête de Marion est tombée sur son bureau. Émoi général. Elle est toute blanche, on lui passe une main mouillée sur le visage, les étudiants ont toujours des bouteilles d'eau. Ça va, ça va, Marion ? Ça va mieux ? Vous voulez un petit gâteau ? Un petit gâteau, un petit gâteau... Oh pardon, elle se rend compte de ce qu'elle vient de dire et éclate de rire. Ce n'était pas intentionnel, je ne veux en aucun cas vous empoisonner. Je mets des gâteaux dans mon cartable parce que j'ai parfois des crises d'hypoglycémie... Allez, Marion, prenez-en un. Elle le lui fait passer par le premier rang. Marion, pâle, hésitante, examine le gâteau et finalement le grignote. Vous voyez, dit Hélène aux étudiants en regardant Marion, elle ne mord pas, elle grignote. Luigi mord, Marion grignote, c'est ça la littérature, le goût de la distinction... Interro surprise, prenez une feuille et détaillez entre *Et soudain, coup de tonnerre dans un soleil brillant, il fut assailli par un soupçon horrible* et *Donne-moi tes petits gâteaux*, les efforts de Luigi pour affronter la vérité. Car il faut reconnaître à Luigi qu'il a aperçu la vérité.

Le Basile

Hélène boit une bière dans un recoin du Basile, les yeux ailleurs, la pile de copies devant elle. L'analyse de son cours l'absorbe. Comment se fait-il qu'ils aient pensé au chien ? Pour trouver l'image, Benoît est passé par l'adjectif « ridicule », certainement grâce à Marion. Parce que, oui, au début, Marion a bien fait voir le ridicule de Luigi, elle a bien mis en place les éléments de la comédie. L'année dernière, l'étudiant n'avait pas démarré de la même façon, il avait appuyé sur l'anxiété de Luigi quand il rentre à la maison après avoir vu le docteur qui lui dit ne pas comprendre ses douleurs d'estomac. L'année dernière, on était en empathie avec Luigi et par conséquent absolument pas prêts à voir apparaître le final du chien. Marion a dû beaucoup répéter. Sans doute avait-elle écrit son texte.

Peut-être a-t-elle fait la même chose pour chaque séance. Quelle ardeur ! La façon dont elle s'est jetée à l'eau. Dont elle rejette ses cheveux en arrière. Lucie la sirène, Hamed le savant, Marion l'ardente... Il ne reste que deux cours. Qui interroger parmi les dix restants ? Elle a vingt étudiants et douze séances. Vingt moins douze font huit, huit étudiants ne seront jamais entendus. Resteront des inconnus. Ils se seront croisés sans qu'aucun atome en elle en soit affecté. Ceux qu'elle a entendus, pendant les quelques minutes où elle les a entendus ils ont vécu, ils se sont épanouis comme une fleur, même Guillaume qui bégaie. Ils ont eu leur moment et elle en porte la trace. Elle sait beaucoup de choses de Marion. Les enfants qui n'ont pas été applaudis petits ont besoin de faire du théâtre. *Abject* fait un accroc dans le texte. *Abject* tombe comme une gifle. À son avis, si Buzzati s'était bien relu, il aurait supprimé l'adjectif. Mais elle devine pourquoi il s'est imposé à lui et peut-être même lui a échappé. Parce que, quand il écrit cette nouvelle, il vient d'épouser une beauté de trente-cinq ans plus jeune que lui. En son tréfonds, il juge *abject* d'infliger son âge et ses maux d'estomac, lui qui mourra quelques années après d'un cancer du pancréas, à cette jeune fille à la chair si fraîche. Rien de plus révélateur, de plus émouvant, que l'utilisation de ses propres maux d'estomac dans cette nouvelle. Si l'on ne se fait pas mal dans le registre de la comédie, on ne va pas loin. Elle s'en est rendu compte en écrivant *Les Bonheurs de Sophie.*

Elle boit une gorgée.

Balance ton chien... Bien vu. J'aurais dû en profiter pour décortiquer *Balance ton porc*, la succession de comparaisons implicites, le passage du concret à l'abstrait, du propre au figuré. Mais Marion est tombée. Pauvre porc, si méchamment utilisé... La force du hashtag tient un, à l'impératif, deux, à l'article possessif *ton*. L'expression sous-entend que *tu as un porc*. Elle va confier « Le mari » de Tchekhov à Lucie, non, à Cléo plutôt. Cléo est anorexique. Elle l'intimide. L'attire et l'intimide. Et à qui « Odile Toscano » ? Peut-être à Victor qui a posé la question sur la vieille chatte grise.

Elle boit une gorgée.

Elle range les copies et sort le travail de Marion sur Musil.

Le vent soufflait dans les éteules aussi doucement que s'il avait eu une soupe d'enfant à refroidir.

Chaque fois, elle tâtonne en elle pour donner corps à l'émotion qui surgit.

La nuit, elle restait longtemps à la fenêtre, au-dessus du vallon qui descendait vers le Nohain. Les éteules étaient blanches. On aurait dit des carrés de tissu clair et phosphorescent, rendant la lumière emmagasinée dans la journée.

Rien ne bougeait. La nature dormait sans bruit sous la paix des étoiles. Hélène sentait un accord profond entre son corps, son cœur et la nature. Comme plus jamais adulte.

Les longs mois d'août, brûlant d'enfance.

La chaleur stagnante, même la nuit.

Le chagrin qui poignait.

Le temps virait après le 15 août, le vent arrivait en brusques rafales. Parfois la foudre tombait sur les meules et les enflammait.

Et ce mot : *éteule.* On l'employait jadis dans certaines régions de France et en Suisse – la traduction était du Suisse Philippe Jaccottet.

Elle boit une gorgée.

Va pas dans les éteules, va pas dans les éteules, criait Jeannette depuis la ferme quand elle courait loin de la maison pour se cacher dans les bois.

Le vent soufflait dans les éteules aussi doucement que s'il avait eu une soupe d'enfant à refroidir.

Le miracle, c'est que la douceur existe.

Elle voit entrer Hamed avec un inconnu.

Jeannette mangeait la soupe dans son assiette, l'essuyait avec du pain, la retournait et mangeait le fromage sur son dos à la pointe de son couteau. Ça faisait rire Hélène. Quand Lou était petite, elle avait une assiette décorée de lapins qui parlaient anglais. Hélène soufflait sur la soupe. Elle ramassait les bords de l'assiette en pestant parce que ça ne refroidissait pas assez vite alors qu'on l'attendait dehors, elle cherchait la bouche de sa fille qui refusait de se brûler, elle enfournait de force la cuillère et l'enfant pleurait. Elle se souvient aussi de ses jambes qui faisaient quatre pas quand elle en faisait un. Tant de fois elle n'avait pas été douce. Dépêche-toi, dépêche-toi, on va être en retard, répétait-elle en la tirant par la main. Marc-Aurèle l'année prochaine. Si elle avait connu Marc-Aurèle jeune mère, elle aurait su que dans la hiérarchie des tâches, la première n'est pas la plus noble ou la plus gratifiante mais celle imposée par l'instant et qu'on se doit de l'honorer correctement. Il faut barder les étudiants de références, d'images choc dont ils puissent se souvenir. Des images ou des préceptes, lesquels ont le plus de force ? Les images sans aucun doute. Car la force d'un précepte ne se comprend que trop tard. Si Luigi avait lu l'histoire du chien écrite à son propos, s'était vu ridicule comme Buzzati s'emploie à le montrer, l'image lui aurait peut-être donné la force de quitter son bourreau. Aimer impose de renoncer à la force si on l'a, mais également de la chercher si on ne l'a pas.

Luigi n'était pas doux. Il était faible. Or la douceur est une force. La douceur, c'est une force qui se retient.

Voilà pourquoi est belle la comparaison de Musil.

La douceur qui exista entre Xavier et elle, elle ne la voit plus. Ni la jeunesse, ni l'enfance ne sont douces, mais violentes, mais maladroites, mais péremptoires. Elles s'étaient pour Hélène et Xavier terminées par un divorce.

Si elle change l'année prochaine pour les préceptes, elle aura du mal à trouver des femmes. Les femmes sont plus à l'aise dans les journaux intimes, les romans et les nouvelles que dans les préceptes. Elle choisirait Simone Weil, aux formules si bien frappées, et tant lue et relue, si sa religiosité ne la rendait pas suspecte. L'année où elle a mis au programme une nouvelle de Tchekhov qui se passait à Pâques et où elle a dû leur rappeler le récit de la Passion que personne dans l'assistance ne connaissait – à moins qu'ils n'aient fait semblant –, elle s'est entendue raconter la nuit au mont des Oliviers, le reniement de Pierre, le jugement du Sanhédrin, de Ponce Pilate, celui de la foule, la Crucifixion et elle s'est dit : ai-je le droit, ai-je réellement le droit, je vais me prendre une réflexion peut-être pas en direct, ils n'oseront pas, ils iront se plaindre à la direction. Ils ne l'ont pas fait. Mais, l'année suivante, elle a supprimé la nouvelle. Elle n'aurait peut-être pas dû. Le camarade de Hamed se retourne de temps en temps vers elle. Ils ont l'air de se marrer. Ils se moquent sans doute.

Elle regarde l'heure, ouvre la copie de Marion.

Elle aime voir l'écriture des étudiants, c'est pourquoi elle veut qu'ils rédigent à la main. Le soin que l'on apporte à la page est le reflet du soin que l'on se porte, leur dit-elle. Et elle ajoute : Si vous ne prenez pas soin de vous, qui le fera pour vous ? La feuille de Marion est somptueuse. Traits tirés à la règle, disposition aérée, écriture lisible. Elle a détaillé le comparé, le comparant et l'outil de comparaison, a ajouté un mot sur la personnification de la nature. Et a conclu qu'il s'agit d'une comparaison dite d'égalité fondée sur le sème de douceur. Comme ces jeunes gens sont savants ! Vraiment, aujourd'hui, elle peut se féliciter de son atelier. Elle aurait dû envoyer Marion à l'infirmerie. Bah non, elle doit avoir ses règles, elle aussi il lui arrivait de s'évanouir le premier jour. Ou alors, elle a fait un peu d'hypoglycémie, ces jeunes filles se privent pour maigrir.

Elle paie, prend son cartable, passe devant Hamed au charme duquel elle n'est pas insensible, Hamed qui doit collectionner les fiches avec passion.

Les Riaux

En rangeant le cartable de Laurent, elle trouve le flyer distribué par Quentin : Sciences-Potager ! Sont-ils drôles ! Sur un fond de plants de tomates, imprimé dans un graphisme évoquant un cri de victoire (ou de détresse, c'est selon) : Changeons le monde. Et plus bas : On commence par des potagers à partager. Que de figures de style, ils utilisent naturellement ce qu'elle s'emploie à leur faire repérer. Rendez-vous samedi 17 mai 15 heures dans la cour de Fleury. Et derrière, un texte en forme de slogans : Reprenons le contrôle de ce que nous mangeons. Sortons d'un système agro-industriel qui ne cherche que son profit etc. Tout de suite le procès d'intention, Son frère Stéphane a raison. Quand elle était à Nanterre, c'était surtout les flics et les militaires qui étaient voués à la vindicte, ça a commencé à changer avec la guerre du Golfe. Il faudra l'équivalent du 11 septembre, disait Stéphane, le retour de l'ergot de seigle par exemple entraînant une famine, pour que l'on reconsidère la valeur d'un pesticide. Dès leurs retrouvailles, Stéphane avait lâché la bride à son amertume. Sept milliards et demi d'habitants, croissance annuelle de un virgule deux pour cent. Neuf virgule huit milliards en 2050, faudra-t-il les nourrir à la main, sur des surfaces datant d'avant le remembrement ? Le riz pourtant, le repiquage…, avait dit Laurent. Vous plaisantez ? La Chine, l'Inde, les États-Unis le sèment à bord d'escadrilles d'avions. Elle a entendu à la radio que le taux de natalité en Chine était en baisse bien que le gouvernement ait autorisé le deuxième enfant. Le journaliste n'en faisait pas une bonne nouvelle.

Les champs des Riaux, courbes, rouges et blonds, aussi soigneusement traités qu'un immense jardin japonais. L'épaule d'une colline, la ligne de la forêt, la trace de la herse comme celle d'un peigne, les frissons du vent à la surface des blés.

Après son divorce, elle avait mis longtemps à revenir aux Riaux. C'était la Toussaint. Laurent conduisait. Elle dévorait des yeux. Entre la route et le Nohain, les terres rouges étaient fraîchement retournées. Plus loin, le vert intense du blé sortait de terre. Les pâtures étaient râpées. Les vaches, les veaux de l'année, les broutards, les deux taureaux tiraient leur foin au râtelier *big ball*. Les haies étaient taillées, les arbres nettoyés de leur bois mort et des lianes de lierre. Elle notait tout, comme les colonnes de vapeur d'eau qu'elle voyait maintenant s'élever à l'horizon, au-dessus de la centrale de Belleville en construction quand elle était enfant. À l'embranchement du chemin qui montait à la Folie, c'était le nom de leur maison construite par son grand-père, le bosquet avait disparu. À la place s'élevait un grand bâtiment à l'enseigne de Renault, avec parc de voitures, ateliers et pompe à essence. Tu as vendu la parcelle ? avait-elle demandé à son frère. Oui, j'en ai eu un bon prix, le terrain a été déclassé en zone constructible.

C'était là qu'ils attendaient le car pour le collège, dans la nuit de l'hiver ou la clarté du printemps. On entendait le moteur avant de voir le car à cause d'une légère déclivité du terrain.

Elle avait demandé à Laurent de s'arrêter à la ferme, à mi-chemin de la côte, avait fait quelques pas dans la cour déserte. Pas un bruit. De grands bâtiments en carré, des granges pour les machines agricoles maintenant rutilantes, un silo dont, enfant, elle entendait depuis sa fenêtre la ventilation après les moissons, le logement de Pierrot et Jeannette, les fermiers, frère et sœur, une petite pièce surchauffée par la cuisinière à bois l'hiver, une alcôve au fond où elle se souvenait d'avoir souvent grimpé, un fenil au-dessus, il y avait encore des rideaux à la fenêtre. La mare empierrée, le chenil et les clapiers, les étables, la soue à cochons, le four à pain sur le toiton duquel se nichaient les poules, tout était vide. Pierrot et Jeannette n'étaient pas sortis, comment l'auraient-ils reconnue, d'ailleurs étaient-ils toujours là ? Avaient-ils quitté les lieux avec les animaux, surnuméraires ? Elle les imaginait en procession sortant à la queue leu leu des lieux ancestraux, les vaches en route pour le hangar de stabulation hors sol, les cochons pour leurs atroces caillebotis, les canards, les dindons et les oies pour les usines de conserves, les poules pour l'encagement de l'élevage industriel – pouvait-on seulement prononcer cette expression –, il paraît que la race des poules est en train de perdre l'instinct de couver, les chiens harcelant le tout, et, fermant la marche, le frère et la sœur qui n'avaient pas d'enfants, courbés sur leur bâtons, en route pour la maison de vieux. Cours, camarade, le vieux monde est derrière toi. 68, qu'elle avait pris pour le desserrement des cœurs, avait marqué l'entrée dans la grande consommation. Elle était remontée dans la voiture sans frapper au carreau.

Revoir ses parents. Le malaise l'écrasait. Elle aurait voulu fuir plutôt que d'avoir à affronter leurs visages vieillis. En fait, elle avait toujours fui, ses parents, Xavier, Dick, et si elle n'avait pas fui Laurent, c'était parce qu'il était mort. La table était mise. Chacun avait fait preuve de bon vouloir, s'efforçant d'ignorer les années à ne pas se parler. Le malheur d'être la mal-aimée qui l'emportait enfant lui paraissait si dérisoire qu'elle en avait à présent honte (il aurait fallu savoir en faire une comédie à la Buzzati). Sa mère émettait un petit rire constant et son père, si fermé autrefois, opinait du chef quoi qu'on dise. Après le déjeuner il leur avait dit d'aller voir les poulains du côté de la Russie. Parce que nous aussi, nous avons nos côtés, avait-elle expliqué en riant à Laurent, peu amateur de Proust. Côté Russie pour le Morvan, côté Amérique pour la Loire. En regardant l'horizon depuis sa chambre, elle imaginait New York et le Colorado. Elle s'était surprise à parler avec fierté, à vanter son patrimoine. Laurent aimait les feux dans la cheminée et le gibier et cela avait facilité la rencontre. Il s'était amusé à tirer des lapins à la carabine. Elle, elle restait spectatrice du plaisir de Laurent. Elle s'appuyait sur lui pour sourire à Stéphane qui avait endossé le rôle du père. Laurent avait été content. Elle, pas vraiment. Le ventre était noué.

Dans le couple de Stéphane et Isabelle, dans les photos de leurs filles, de leurs mariages, de leurs petits-enfants, il y a quelque chose d'immuable dont elle n'arrive pas à savoir si cela lui fait envie ou lui est insupportable. Laurent est mort, Xavier est mort, elle n'a plus de nouvelles de Dick, son père est mort l'année dernière, sa mère prend Isabelle pour sa sœur – il faudrait d'ailleurs qu'elle téléphone pour prendre des nouvelles – mais Stéphane et Isabelle sont là. Ils peuvent tout avaler. Comme la terre avale la PAC, la centrale de Belleville, les éoliennes. Dans la tourmente, ils tiennent le cap. Le dernier rempart contre la mainmise des sociétés d'actionnaires, c'est nous, répète Stéphane, et chaque fois que j'ouvre la télévision, c'est pour m'entendre insulter. Enfant, Stéphane avait des tics de la bouche, il en a gardé une petite difficulté, surtout lorsque l'émotion l'envahit, ce qui est chaque fois le cas quand il aborde ce sujet qu'il ne peut s'empêcher d'aborder. Je fais le plus beau métier du monde. Je nourris les gens. Et tu crois que je voudrais les empoisonner ? Je suis le premier à vouloir des produits de qualité. On va m'interdire le glyphosate. Soit. J'en mets en moyenne sur l'exploitation 0,5 litre à l'hectare hors culture comme le prescrivent les réglementations en vigueur. Dans les pays qui cultivent les OGM, on peut aller jusqu'à 9 litres à l'hectare et sur culture. Si les exploitations telles que la mienne disparaissent, vous boufferez des OGM venus du Mexique. Hélène, qui ne sait trop que penser, prise entre les diatribes de son frère et celles des médias, essaie de le faire dévier sur un autre sujet, demande des nouvelles de ses enfants et petits-enfants mais c'est plus fort que lui, il y revient toujours, il est miné. Du temps de papa, il y avait quatre fermes, celle des Riaux en métayage, les autres louées, continue-t-il. Il n'en reste qu'une dont le fermier n'a pas de femme, pas les moyens d'employer un commis, le dos foutu par le tracteur. Il ne gagne rien. Sa vie n'a pas de sens. Comment lui reprocher de forcer sur la bouteille ? J'ai repris en exploitation directe le reste des terres. Je me débrouille avec trois salariés agricoles que je partage avec un voisin du Perray, dont un réfugié tchétchène. La première fois, elle avait demandé où étaient Jeannette et Pierrot. Toujours là, avait-il dit, le Centre social leur apporte les repas, je leur ai installé une douche, une infirmière vient tous les jours. Elle avait rappelé que pendant les moissons, Jeannette avait la charge des repas. Elle embauchait des aides qui préparaient avec elle des marmites énormes. Elles dressaient des tables dans la cour. Ils étaient nombreux, ils buvaient, c'était joyeux. De sa chambre, elle entendait l'accordéon tard le soir. Tu te trompes, c'était pour les foins, avait corrigé son père d'une voix douce. J'avais déjà les grosses moissonneuses quand tu étais petite. Lui seul réussissait à tarir le flot des propos amers de son fils, laissant le bruit familier du feu, du bois qui craque, du souffle des flammes amplifier le silence.

Hélène se souvenait que son père tenait déjà le discours de la disparition de la classe paysanne. Maintenant le père écoutait son fils en hochant la tête. Seul le Tchétchène était nouveau. Stéphane avait insisté pour qu'elle vienne passer le mois d'août avec Lou. Le mois d'août est toujours celui du repos, des éteules et des mondanités. Louis aussi serait là avec sa nouvelle femme. La maison serait pleine, comme autrefois. Elle a mis longtemps à dire oui. Elle y va tous les ans depuis la mort de Laurent.

Quand on lui avait proposé l'atelier de lecture à Sciences Po, 2018 moins 2014, il y a quatre ans, elle avait eu du plaisir à le dire à son père. Oh, te voilà professeur à Sciences Po avait-il dit avec un sourire réellement heureux. Enfin, pas vraiment, je serai vacataire… j'aurai un contrat renouvelable d'année en année. Tant mieux, tu seras libre, avait-il ajouté, sans rappeler le mal que Xavier pensait de cette école. Tu te souviens qu'Hubert et moi avons fait Sciences Po… Elle n'avait pas oublié. Elle avait accepté la proposition avec le sentiment d'achever le retour au bercail. Sauf que Sciences Po aujourd'hui n'a plus rien à voir avec l'École libre des sciences politiques que suivirent son père et son oncle. Elle ne pourra pas montrer le flyer de Quentin à son père, mort il y a deux ans. Comment se comporteraient les étudiants s'ils savaient qu'elle est la sœur d'un agriculteur ? Leur estime en serait-elle changée ? Elle n'ira pas samedi inspecter le potager à partager.

Le jour où elle a téléphoné

Xavier conduisait un scooter, une 404 et une belle Rover noire. Avec le scooter, il portait les plis urgents. Avec la 404, il allait acheter les ramettes de papier, les crayons et les taille-crayons, les bouteilles d'eau, les produits d'entretien, il conduisait éventuellement le personnel. La Rover était réservée au patron. Il la faisait lustrer chaque semaine. Le matin, il attendait rue Raynouard au pied de l'immeuble, fumant sa gauloise à l'extérieur du véhicule. Son patron était italien. Xavier lui récitait des odes d'Horace ou des tirades de l'*Énéide*, lisait pendant qu'il l'attendait dans la voiture. Qu'est-ce que vous lisez ? lui demandait-il. C'était souvent du Goethe ou du Thomas Mann. Xavier était très classique dans ses goûts. À elle, quand ils descendaient à Sainte-Croix-de-Lozère, il citait

Rousseau chaque fois qu'il passait devant le pont du Gard. *Car ce prétendu pont n'était qu'un aqueduc* disait-il en levant un doigt et en plissant les yeux. À Lou, il cachait sa tête derrière sa veste et réapparaissait en lançant le Ploum ploum tra la la de Pierrot le Fou. Et Lou éclatait de rire. Minuit 45 sur le four du micro-ondes. Elle tourne en rond dans son appartement. Impossible d'aller se coucher. *Il est minuit, Dr Schweitzer*, leur mère les avait emmenés voir le film lors d'un séjour à Paris. Elle devait avoir douze ans. À 0 h 45, d'habitude, elle dort. Mais lui, le Dr Schweitzer, même à minuit, il soigne ses malades dans son hôpital de Lambaréné quand la douce voix de Marie Winter vient lui souffler vous êtes fatigué, docteur. Le Dr Schweitzer, via Marie Winter, est le premier émoi amoureux d'Hélène. Après avoir vu le film elle s'était jurée d'être infirmière comme Marie Winter.

Avait-elle dit à Xavier je t'aime par étourderie ? Dit une fois je t'aime par étourderie et laissé le mot se refermer sur elle ? Les mots sont vivants. Elle l'avait dit spontanément, tout de suite, et lui jamais, pas plus que Laurent. Ni l'un ni l'autre. Pourquoi ? Par pudeur ? Serait-ce une expression réservée aux femmes ? Pourtant, Xavier avait accepté le travail d'un chef de famille. Et par la suite, quand il s'était trouvé dans la désolation de la séparation, il avait prouvé à maintes reprises qu'il savait aimer. Non pas en paroles mais en actes, comme il se doit, veillant en toute discrétion à sa sécurité financière à elle, entourant leur fille d'un amour paternel joyeux et profond, l'emmenant l'été vers les pays de soleil qu'il aimait tant, tous deux lui envoyant des cartes postales, lui rapportant des petits cadeaux... à elle, la mère insouciante.

Ces pensées d'autrefois, maintenant elle peut les retourner dans sa tête, comme les pièces d'un puzzle. Elles sont tristes d'un côté et gaies d'un autre. Tragiques et comiques. Elle peut les retourner mais pas les effacer. Et si elle les brouille, le dessin se reforme de lui-même.

Elle avait eu son DEA, elle aurait pu entrer à l'Éducation nationale, devenir professeur. Le puzzle prenait forme. Eh bien non. Elle avait renversé la table.

Elle ne voulait pas devenir professeur, plutôt éducateur. Pendant ses études, elle avait passé son BAFA pour être monitrice de colonie de vacances où elle avait organisé avec succès des soirées-lectures. Forte de cette expérience, elle pensa se spécialiser dans l'animation d'ateliers de lecture, un concept qu'elle était quasiment la première à mettre au point alors que maintenant tout le monde en fait. Cela lui laisserait le temps d'écrire, comme Xavier, car elle avait envie d'écrire, mais plutôt des romans. Elle avait constitué un dossier sérieux avec photos des soirées en colo, témoignages des adolescents. Et commencé à prendre des rendez-vous dans les Maisons des jeunes, spécialement ceux des quartiers difficiles, c'est ainsi qu'on disait à l'époque. Il lui fallait un cadre juridique et on lui conseilla de s'adresser à la Fédération des Œuvres laïques. L'affaire se fit aisément. Elle travaillait deux après-midis par semaine, terminait ses études, et souvent le soir écrivait des petits textes qui la laissaient insatisfaite. Elle continua après la naissance de Lou, ajoutant grâce à son DEA le métier de lectrice dans une grande maison d'édition. Xavier, devenu un cadre apprécié de son entreprise, lisait les manuscrits qu'elle avait à lire, impitoyable sur les fautes de français.

Un jour, elle eut l'idée d'élargir son public d'ateliers aux prisons. C'est ainsi qu'elle avait rencontré Dick.

Si elle se met à penser à Dick, il va falloir fumer un petit joint. Parce que, en général, elle se cabre devant l'obstacle. Dick, elle l'avait effacé de sa mémoire. Il a resurgi à la faveur de l'affaire Weinstein.

Elle ouvre le tiroir du guéridon de sa chambre et en sort l'herbe que Laetitia lui fournit. Elle ne fume plus, sauf du shit. Et rarement. Adieu sommeil, elle se roule un pétard.

Elle était très excitée à l'idée du rendez-vous qu'elle avait décroché avec Dick, chargé au ministère de la Justice de l'organisation des activités culturelles dans le monde carcéral. Dick parle à la télévision, c'est un personnage médiatique – est-ce que l'adjectif existait déjà ? – qui illustre la politique d'ouverture des prisons initiée par le ministre Badinter. Il la fait asseoir sur un canapé. Elle se lance, heureuse de son écoute, et au moment où il s'approche pour prendre son cahier de photos, sans prévenir, sans qu'elle ait rien vu venir, il la renverse, glisse sa main sous sa jupe... Elle portait une jupe indienne bleue avec un jupon de dentelle. Elle est surprise. Elle se débat. Elle se pousse à l'autre bout du canapé. Il ne s'excuse pas mais il n'insiste pas. Elle rentre chez elle très émue. Tout y était pour caractériser l'abus, pourtant elle a cru qu'il était tombé raide amoureux rien qu'en la voyant, au point de ne pas pouvoir se retenir. À sa simple vue. Si elle avait pu supposer, seulement supposer, qu'il voulait juste profiter d'elle, aurait-elle eu l'énergie farouche de batailler jusqu'à ce que leurs vies se trouvent prises l'une dans l'autre ? Elle n'était pourtant pas née de la dernière pluie, elle était mariée et mère d'une petite fille. Elle n'a pas pu supposer.

Elle est rentrée à la maison, elle a tout raconté à Xavier et il a dit : Pourquoi tu as pas couché avec lui ? On était en 88, Mitterrand avait été réélu président. En disant cela, sans doute, déjà, il ne croyait plus qu'il construisait autre chose qu'un couple bourgeois. Sans doute, déjà, il avait peur de ce qui s'annonçait. La tragédie se mettait en marche.

Elle a couché.

C'est elle qui a rappelé.

Il avait dit qu'il allait voir ce qu'il pouvait faire pour elle, qu'il rappellerait. Elle a attendu trois jours, une semaine, quinze jours, n'osant pas sortir de l'appartement. Il n'y avait ni portable ni répondeur à l'époque. Et, de toute façon, elle n'aurait pas eu confiance dans le répondeur. À la fin de la troisième semaine, elle a appelé.

Sa vie s'était arrêtée. Elle se désintéressait de Lou. Ah, comme elle attendait, le cœur serré chaque fois que la sonnerie retentissait ! Et finalement elle rappelle, brûlante de honte. La main est moite sur le combiné, le cœur emballé de trac. Et comme elle ne sait pas encore mentir, au lieu de « Est-ce que vous auriez trouvé quelque chose pour moi ? », elle dit : « J'ai envie de vous revoir. » Son émotion qui la prévenait de l'importance de son geste, a-t-elle été le signe de son courage ? Ou du sacrilège ? Comment savoir si elle a bien fait ?

Il ne peut rien arriver qui n'ait été voulu par les dieux, Marc-Aurèle. Et son héritière chérie, Simone Weil : un événement passé, il ne faut pas le déplorer, il faut penser à partir de lui.

Cette idée-là, précieuse entre toutes, elle doit se débrouiller pour la caser dans son prochain cours. Elle se lève pour la noter dans son carnet mais elle a beau fouiller, elle ne le trouve pas, elle est un peu dans les vap, le joint est bien entamé.

Deux ans plus tard, il l'a aidée pour Bois-d'Arcy. Elle a commencé avec les mineurs. Le public le plus difficile, même le petit de quatorze ans incarcéré parce qu'il revenait toujours dans un quartier où il n'avait plus le droit de mettre les pieds. Elle avait dû faire des démarches pour lui apporter un pull parce qu'il avait froid. Les mineurs sont souvent récalcitrants, les adultes davantage en demande d'écoute. À part le roi muet comme elle nommait en son for intérieur le bibliothécaire. Il doit avoir fini sa peine maintenant. Le joint s'est éteint.

C'est comme Brautigan avec son copain, on tire et la balle échappe. Ce jour-là, ce jour où elle avait téléphoné à Dick, elle obéissait à l'appel de l'inconnu. Sans se retourner, elle avait tiré pour atteindre l'inconnu. Les gens en prison, eux non plus, ne se retournent pas. Il faut attendre des mois et des années pour pouvoir se retourner.

Il vient à Hélène la nostalgie féroce de la sonnerie du téléphone traversant l'appartement, l'autre qui vous appelle, Xavier retenu par un dossier, Dick et le ministère, Laurent depuis le labo photo. Elle s'était juré de ne pas appeler

Laurent la première. Elle avait tenu bon, et un soir... sa voix, enclose dans le combiné, venant de la Maremme. C'était comme s'il avait ouvert l'espace devant elle. Elle n'avait plus qu'à avancer.

En ce temps-là, le téléphone trônait sur le buffet de l'entrée, elle le partageait avec Lou qui passait des heures assise par terre au pied du meuble, lui infligeant ses interminables conversations d'adolescente, tu crois que Vincent sera là ? surtout tu lui dis pas que j'ai vu Léo, non, pas elle, elle est trop moche, etc., etc. Huit fois sur dix, c'était pour Lou. Hélène lui passait l'appareil en martelant : tu diras à ton ami qu'on dit bonjour madame et qu'on se présente. Jusqu'au jour où Lou lui rendit la pareille en claironnant haut et fort à travers l'appartement : Maman, c'est pour toi, la prochaine fois tu diras à ce monsieur qu'on dit bonjour mademoiselle et qu'on se présente. Elle prit l'appareil et son sang se vida. C'était l'éditeur à qui elle avait remis *Les Bonheurs de Sophie* et dont elle attendait avec angoisse le verdict depuis plus d'un mois : Bonsoir, Hélène, je suis navré, c'est Richard Delacreuse, vous présenterez mes excuses à votre fille pour ma grossièreté, elle a tout à fait raison. Elle avait bredouillé, à peine capable de comprendre que Richard Delacreuse était en train de lui dire qu'il acceptait son manuscrit, son roman de Sainte-Croix-de-Lozère, travaillé et retravaillé depuis dix ans et qu'elle publierait sous pseudonyme parce qu'elle ne voulait pas que sa fille soit au courant de ses frasques de jeunesse.

Il n'y a plus de téléphone dans l'entrée. Lou vit ailleurs. Xavier est mort. Laurent est mort. Il est 1 h 30 sur le four du micro-ondes. Cet après-midi, l'homme qu'elle a rencontré chez Laetitia l'a appelée pour l'inviter à dîner. Et si c'était pour cela qu'elle n'arrive pas à dormir ?

Apparition de l'homme-grenouille

Livre VII. Dans la constitution de l'homme, le caractère premier est la sociabilité, le deuxième l'intelligence, le troisième la faculté de ne pas juger promptement ni se laisser abuser. Pourquoi les penseurs de notre époque ne disent-ils plus de choses aussi simples ? Pourquoi la pensée est-elle devenue aussi abstraite, complexe, bavarde ? Plus elle se complexifie, plus elle s'éloigne de la vie, et moins elle aide à vivre. Mon Dieu, donnez-moi accès pour ce soir à l'immédiat et au simple. Pour la quatrième fois depuis sept ans que Laurent est mort, elle a un rendez-vous en tête-à-tête avec un homme. Elle ne l'a vu qu'un soir, chez Laetitia, parmi la foule des invités. Les trois premières fois ont été des échecs. Elle se donne pourtant du mal, elle n'a pas envie de vivre seule. Laetitia la pousse à participer à son projet immobilier : acheter un appartement dans l'immeuble qu'elle fait construire pour elle et ses amies solitaires, une sorte de maison de vieilles amies où l'on partagerait des domestiques. Pas domestiques, dit Laetitia, mais employés, aides à la personne. Tu vois, nous commençons à nous disputer avant même que l'immeuble soit sorti de terre ! Pourtant, l'idée est bonne, sociabilité, rationalité, discernement. Mais Hélène n'aime pas les groupes. Elle veut UNE personne et elle la cherche. Elle a envie de penser à quelqu'un et que quelqu'un pense à elle. Elle a envie de se mettre en quatre. Elle a envie de dire des choses renversantes. Elle a envie tout simplement de rêver. Mais il y a une chose dont elle n'a pas envie, c'est faire l'amour. Là-dessus, elle est ferme. Pas question qu'elle se force. La chair fanée a ses beautés à condition de lui garder son mystère. Baiser, c'était merveilleux quand on pouvait y aller franco et c'est sans doute possible à un vieux couple plein d'habitudes. Mais découvrir un inconnu en fermant les yeux sur ses fesses plissées comme des vieux gants et en faisant attention à ses articulations, non merci. Il faut être honnête, écouter ses sensations. Il n'y a que les magazines féminins pour faire croire que les « rapports sexuels » (quelle expression !) sont plaisants après soixante ans, ils doivent faire tourner la boutique. Laetitia dit que c'est parce qu'elle n'est pas amoureuse. Peut-être. L'âme aussi s'engourdit. Elle a un ami veuf qui prétend que sa femme lui a jeté un sort depuis l'au-delà, qu'elle l'a condamné à provoquer l'amour des femmes sans jamais pouvoir les satisfaire. Elle aimerait savoir inventer une histoire aussi romanesque. Laurent, lui, s'y connaissait pour de bon en surnaturel. Il avait arpenté Bornéo en long et en large, rapporté des images de chamans, de dukuns, de morts installés à même les falaises comme sur des balcons pour accueillir les visiteurs, de troupeaux entiers sacrifiés pour accompagner le voyage de l'âme au pays des ancêtres. Il disait que le surnaturel est lié au physique, à sa force, à sa vigueur, à sa beauté. Il avait raison, faire l'amour quand on est vieux, c'est chasser les esprits. Voilà une bonne formule, avoir des formules à sa disposition est important. Elle a rendez-vous avec un homme, rencontré lors de l'anniversaire de Laetitia. En se préparant elle a mis des dessous susceptibles d'être vus, elle qui ne veut plus aller au lit, elle qui n'y a jamais été dès la première fois, elle qui n'a jamais su vivre une petite aventure, seulement le grand amour, toujours le grand amour, même quand il aurait mieux valu que ce ne le soit pas. Quand elle y pense, ça lui donne envie de pleurer sur elle. C'est fini le grand amour. J'ai envie de quelqu'un qui me fasse rire. Je ris très bien. Je suis gaie.

Je suis aimante. J'ai des qualités. Nous nous sommes dit quelques mots chez Laetitia : Ah vous êtes une ancienne de Sainte-Croix-de-Lozère ? — Pour ne rien vous cacher. Et vous, où étiez-vous en 68 ? — À Bordeaux, je terminais l'école de la Magistrature. Un juge, ce doit être intéressant de discuter avec un juge ! Elle descend du bus. Zut, il pleut, et elle n'a pas de parapluie. Elle ne peut pas marcher à pas comptés, elle sera encore la première. À moins qu'elle ne reste un temps sous l'abribus ? Je ne serai plus amoureuse, mais je pourrai être aimante. J'ai envie d'être aimante. Elle se lance sous la pluie qui est légère et diffracte la lumière des phares, et celle des feux rouges, des enseignes, des lampadaires, on dirait que toute la ville scintille dans la pluie. Oh mon Dieu, le noir de la nuit aux Riaux, pas un feu rouge avant Clamecy.

Elle pousse la porte du restaurant, elle aura le temps d'aller se recoiffer. Eh bien non, il est là, il attend, les mains croisées contre la table. Cela lui rappelle vaguement quelque chose, un homme qui l'attend, les mains croisées, les yeux devant lui, sans surveiller la porte d'entrée. Cela l'émeut tout de suite, ce souvenir incertain, cette image. Quand elle approche, il se lève, la remercie pour son exactitude, je suis malheureusement toujours en avance dit-il, et moi aussi répond-elle. Ils sourient de ces bons augures. Comme elle est facile !

Elle a déjà envie de lui plaire. Et tout d'un coup, elle se souvient. Le roi muet, le bibliothécaire de Bois-d'Arcy ! L'atelier avait lieu dans la bibliothèque. Ils attendaient ensemble les détenus dont l'exactitude dépendait de la bonne volonté des surveillants. Parfois plus d'une demi-heure. Elle avait essayé d'engager des conversations – mais il éludait, assis, droit, immobile, les mains croisées contre la table, semblant regarder quelque chose qu'il était seul à voir. Il purgeait sa peine à la Maison d'arrêt, elle avait fini par savoir laquelle. Elle aurait pu être mal à l'aise mais non, une fois admis qu'il ne parlait pas, son immobilité irradiait. Jusqu'au jour où elle était arrivée, à bout de fatigue et d'angoisse, avec dans son cartable une enveloppe qu'elle était passée prendre au laboratoire et qui contenait les résultats des examens de Laurent. Elle n'osait pas l'ouvrir. Il lui avait demandé ce qui n'allait pas, et peut-être parce qu'il lui parlait pour la première fois, elle avait fondu en larmes. Cela ne lui était pas arrivé depuis si longtemps. Si longtemps qu'elle tenait, arc-boutée contre l'évidence. Il n'avait pas bougé. Il lui avait dit d'ouvrir l'enveloppe. Elle avait eu beaucoup de mal à sortir les feuilles tant ses mains tremblaient, les lignes dansaient à travers ses larmes. Les résultats étaient pires qu'attendus. Il avait dit : vous avez la chance de pouvoir prendre soin de lui. Et ça l'avait aidée. Même le ton sentencieux l'avait aidée. Décidément les nuages se sont donné rendez-vous dans sa tête ce soir. Il suffit d'un dîner et les atomes s'agitent. Le chef vient à leur table et leur recommande les oursins et la rascasse à la provençale. Ça pique tout ça, dit-elle en souriant. Jean – mais oui, il s'appelle Jean comme l'évangéliste – commande une bouteille de muscat corse. Ah, la Corse ! dit-il en la regardant dans les yeux. Vous êtes corse ? demande-t-elle, alertée par l'intensité du ton. Ma mère est corse, mon père est normand. Va-t-elle dire qu'elle est bourguignonne ? Creuse la Corse, ma petite Hélène. Vous avez grandi en Corse ? Non, j'y allais en vacances et j'y ai fait les dix premières années de ma carrière, juge d'instruction au tribunal d'Ajaccio. Je suis imbattable en droit successoral. Il dit qu'il a une maison à Sartène, avec un petit cabanon pour les amis, une terrasse ombragée d'un figuier. Il pense probablement déjà l'y accueillir. La consoler de la vie, de son échec avec Xavier, de sa méprise avec Dick, de la mort de Laurent. Ce restaurant cher, ces politesses, comme c'est triste et gentil, il s'applique lui aussi, le cœur battait si fort autrefois. Le vin arrive. Il goûte sans manière, tant mieux, les œnologues lui gâchent le plaisir. Il la fait servir. Le vin va les aider. Il faut qu'elle fasse attention à ne pas trop boire et à ne pas trop parler. Un jour fameux de gaieté avec sa fille et son gendre, et des amis à eux, il paraît qu'après avoir un peu bu elle s'est mise à parler anglais. C'est resté une plaisanterie. Elle pourrait le dire, ça : si je me mets à parler anglais, cessez de me servir, s'il vous plaît. Elle le dit. Et sur un air mutin : Qu'est-ce que vous avez fait aujourd'hui ? Ne mentez pas. — Ce matin, j'ai fait du vélo. — D'appartement ? — Pas du tout, quelle horreur ! Au bois de Vincennes. Comme tous les matins. — Tous les matins ! — Du moins à la belle saison. Vers 6 h 30. L'air est encore propre. J'allais au palais à vélo, en combinaison d'homme-grenouille, je me changeais dans mon bureau. J'avais un placard avec deux cintres, ma robe et ma combinaison. J'ai même fait le tour de la Corse. Le tour de la Corse ! c'est un forcené ! pense-t-elle. Après tout, pourquoi pas ? Elle pourrait s'y mettre, abandonner la piscine pour la bicyclette. Un homme nouveau, ce sont de nouvelles habitudes. Des amis nouveaux que l'on s'emploie à séduire. Des lieux nouveaux. Mais tant de sport ! C'est louche, il doit tenir à ses performances. Ça va être le lit à coup sûr ! Ensuite, j'ai déjeuné tout seul puis je suis allé à une réunion d'anciens juristes. Rien de bien passionnant, vous voyez. Le serveur apporte les oursins ouverts en deux. Ouverts en deux, ouverts en deux, elle se souvient que les oursins ont une signification érotique. D'ailleurs il regarde ces oursins avec beaucoup d'insistance. Il vaudrait mieux qu'elle soit sincère. Autant que vous le sachiez, dit-elle avec un sourire encore plus mutin, je ne fais plus l'amour. Le visage du juge exprime un étonnement. — Pourquoi cette affirmation, de but en blanc ? — Par honnêteté. — Vous ne le faites plus ou vous ne voulez plus le faire ? — Les deux. — Vous êtes toujours comme ça ? Vous décidez toujours tout ? — Sur ce plan-là, je préfère ! — Une femme si attirante ! — Ne faites pas de politesses, ça me gêne, je crois tout ce qu'on me dit. — Je ne faisais pas de politesses. Un nuage passe. Il est déçu, elle le sent. Les hommes sont tous pareils, elle a bien fait de le prévenir. Mais, à partir de là, le dîner se traîne. Le charme est rompu. Il lui pose des questions sur la maison d'édition pour laquelle elle travaille, sur Laurent dont il a lu le livre sur les rites funéraires en Asie. Comme elle est bête. Elle a tout gâché. De plus, elle est vexée. Vous décidez toujours tout, quelle image de femme, c'est horrible ! Ça lui rappelle une autre réponse, affreusement blessante, le médecin qui lui avait dit : vous ne pourriez pas lâcher les rênes, madame vinaigrette ? Il l'appelait madame vinaigrette parce que la première fois qu'ils s'étaient vus elle était en train de faire tout l'étage à la recherche de l'aide-soignante qui distribuait les plateaux-repas et qui avait oublié le sachet vinaigrette sur celui de Laurent. Ce n'était pas pour elle, elle s'en foutait de la vinaigrette, c'est Laurent qui lui avait demandé si elle pouvait en trouver. — Vous voulez qu'on parte à vau-l'eau ? lui avait-elle répondu. Vous trouvez que c'est pas assez dur comme ça ? Moi je vous dis que si vous faites la ponction maintenant qu'on est là c'est mieux, parce que sinon on sera obligé de revenir spécialement pour cela de la campagne. Et mon mari, je le connais quand-même, il préfère être à la campagne. Alors, même si ce n'est pas encore tout à fait nécessaire de faire la ponction, si elle peut encore attendre, je vous dis que c'est mieux pour nous d'avoir une semaine tranquille et donc de faire la ponction. Et la seule réponse, sur un ton excédé : vous pourriez pas lâcher les rênes ? Cela l'avait brisée net. Et maintenant : vous décidez toujours tout ? Est-ce ainsi qu'on la perçoit, un majordome, elle qui se sent si souvent perdue ? Aurait-il mis dès le premier soir le doigt sur un vice caché (à elle-même en tout cas) ? Le détenu bibliothécaire était lui aussi un médecin. Il avait aidé sa maîtresse à éliminer son mari malade en lui administrant des doses trop fortes de médicaments, cela avait été prouvé – tiens, un empoisonnement, encore Buzzati. Il avait dit au procès que ses facultés de jugement avaient été suspendues. Le besoin de sa maîtresse – qui le manipulait, avait plaidé son avocat – l'avait rendu insensible à toute réalité autre que celle de son désir. Comme Luigi. Un médecin bien sous tout rapport, dévoué, aimé de sa patientèle. Lui, il avait lâché les rênes. Les rênes, ou on les lâche, ou on ne les lâche pas, il n'y a pas de demi-mesures. Elle avait eu raison pour la ponction, ils étaient revenus de la campagne la semaine suivante, elle en aurait pleuré mais elle n'avait pas pleuré, elle avait seulement été très énervée. Ça valait le coup d'essayer de vivre une semaine tranquille à la campagne, surtout quand il n'en reste plus beaucoup, quelqu'un peut comprendre ça ? Comment redresser la situation ? Il a les mains croisées contre la table et il la regarde et elle ne sait plus par quel bout reprendre la conversation. Il dit: vous vous imaginez que je n'ai pas d'autre idée en tête que de vous sauter dessus ? — Non, pas du tout, je suis confuse de vous avoir donné cette impression. J'ai parlé par excès de scrupules, je ne voulais pas vous faire perdre votre temps. — Encore une fois, je ne pense pas qu'à ça. — Depuis que Laurent est mort, j'ai eu quelques histoires qui ont toutes mal tourné à cause du sexe. Je peux même dire que le sexe m'a empêchée de tomber amoureuse. Alors c'est pour ça... Au contraire, j'ai été maladroite, j'aimerais bien que ça marche entre nous. Pardonnez-moi. Ce doit être drôle de vous voir en homme-grenouille. — Pas très sexy en tout cas. — Moi non plus quand je nage. Je vais à la piscine une fois par semaine avec Laetitia. — Alors on pourrait se tenir compagnie dans nos sports respectifs. — Pourquoi pas. — Rendez-vous au bois de Vincennes ? — J'ai pas de vélo. — J'en ai un pour vous. — Celui de votre femme ? — Oui. — Vous ne manquez pas d'air ! — Qu'est-ce que ça fait ? C'est un vélo, un bon vélo. Elle n'est jamais venue le chercher. — Ça va trop vite, on ne se connaît pas assez pour faire du vélo ensemble. — Je peux aller à la piscine avec vous ? — Vous êtes trop rapide. — Pardonnez-moi. J'aime bien votre sourire. Elle est bonne, la rascasse, non ? Elle entend rire à une autre table. Elle lui tend son verre. — Délicieuse. Le temps a remis ses paillettes. Elle lui parle de son atelier à Sciences Po et il manifeste son intérêt, il dit qu'il aimerait bien y assister. Une ou deux fois, ils s'attardent à se regarder dans les yeux. Elle prend un petit air contrit comme pour s'excuser, mais pas lui. Ils se séparent avec légèreté. Elle aurait bien voulu qu'ils décident d'un projet de sortie, une exposition, une excursion, une façon discrète de prendre rendez-vous avec l'avenir. Mais ils s'en sont abstenus.

En se couchant, elle note dans son carnet, en lettres capitales VOUS ÊTES TOUJOURS COMME ÇA, VOUS DÉCIDEZ TOUJOURS TOUT ? Le reste s'est perdu dans une sorte de *spumante* un peu grisant, tout à fait grisant pour être sincère alors qu'il n'a pas commandé de seconde bouteille. Elle l'imagine en train de rentrer sous la pluie marchant tout seul depuis l'Odéon jusqu'à Saint-Mandé, elle a décidé qu'il habitait Saint-Mandé, à moins qu'il n'ait pris un Vélib'. Par où passe-t-on ? Elle est dans le délicieux état d'avoir envie de faire l'amour et de ne pas y être obligée. Sa solitude s'en trouve enchantée.

Anton Tchekhov

Marion était absente hier. Qu'est-ce qu'elle a ? Pourquoi n'envoie-t-elle pas un mot d'excuse ? Elle m'en veut parce qu'elle a pleuré la dernière fois, c'est sûr. Elle a dû croire que je trouvais ces pardons ridicules. Mais pas du tout, je ne les trouvais pas du tout ridicules. Ils étaient seulement déplacés. Il fallait les japper avec excitation et non les hurler à la mort. Je ne pouvais pas lui mentir. Les étudiants ne méritent pas qu'on leur mente. Elle vérifie sur son carnet, elle n'a jamais été absente. Elle se retient de lui envoyer un message. Jean n'a pas appelé, ne serait-ce que pour lui dire que la soirée était agréable, cela aussi la chagrine. Peut-être va-t-il écrire ? Peut-être est-il encore du genre à se donner le mal d'écrire. Quand on est à la retraite, on peut faire ce qu'on s'est toujours promis de faire, comme entretenir une correspondance. Il suffit de lire les correspondances passées pour se rendre compte de ce que nous avons perdu. Qui serait capable de tenir la correspondance de Tchekhov par exemple ? Le cours, Jean, la correspondance, le projet Bernadette (Chirac, pas Soubirous) qu'on vient de lui confier et sur lequel elle va avoir beaucoup de travail, impossible de fixer sa pensée. Elle erre d'une page à l'autre sur l'ordinateur. Elle est triste. Le cours s'est mal passé. Marion était absente et elle a eu peur d'interroger Cléo comme elle se l'était promis. Elle a choisi Benoît qui a raconté la nouvelle en deux temps trois mouvements. Il ne s'est pas donné beaucoup de mal, le contraire de Marion. Marion jette la tête en arrière comme une pouliche en plein débourrage, voilà, voilà ce qu'elle cherchait, voilà l'image que ce tic lui inspirait. Rémus, son poulain Rémus. Les étudiants sont comme des poulains. Elle soupire, éteint l'ordinateur, ça ne sert à rien de rester devant lui quand on n'arrive pas à se concentrer et qu'il fait beau dehors. Elle change de tenue, une robe sans manches, un peu courte, elle se badigeonne bras et jambes de protection solaire, le visage d'écran total et descend se faire bronzer sur un banc près des roses du boulevard Pereire.

Le galant du deuxième étage est là, un retraité qui lui a dit un jour : j'adore prendre l'escalier après vous, ça sent bon. Des enfants jouent près de leurs mères qui leur ont mis des chapeaux. Elle s'installe sur un banc loin du galant, les jambes étendues, les yeux derrière ses lunettes, de mauvaise humeur. Son portable dans la poche. Lou fait une échographie cet après-midi, elle a des contractions. Quatre fois le mot béatitude, et ils ne l'ont pas vu. Quatre fois en trois pages. Si Tchekhov le reprend quatre fois, ce n'est pas pour rien. Ses pensées tournent et retournent dans sa tête comme un corps cherchant le sommeil. Afin de les maîtriser, elle fait un exercice de présence. Chaleur sur la peau, bruits des enfants, moteurs des voitures en fond, deux pour inspire, quatre pour expire, pause, deux pour inspire, quatre pour expire. Son diaphragme est crispé. Une vague d'angoisse reflue brusquement dans sa gorge. D'aussi loin que remontent ses souvenirs, la peur de la mort imminente l'assaille à l'improviste. Mais la mort, qu'est-elle ? Un épouvantail, retourne-le, il ne mord pas, hou hou, retourne-le. À soixante-deux ans, elle a prétexté un rendez-vous à Paris pour ne pas assister à la mort de son père. À quel rendez-vous vas-tu tandis que ton père en a un avec la mort ? Elle s'était exactement dit ça en partant et elle était partie. Le pire n'est pas d'être partie mais d'avoir prétexté un rendez-vous. À quoi lui servent toutes ses lectures, ses ressassements ? Des lions à l'école, des renards dans la vie, c'est ainsi qu'Épictète apostrophe ses élèves. Il faut voir comment elle parle à l'école ! Son ton, sa fougue, le stoïcisme et *tutti quanti*. Le développement qu'elle a fait à propos de la nouvelle de Jack London, allant jusqu'à comparer l'héroïne à Marc-Aurèle, et une fois sortie de la classe, que fait-elle, elle file à un rendez-vous pendant que son père meurt. Son père maintenant couché au cimetière du village auprès des siens. Et elle, où la mettra-t-on ? Laurent a voulu qu'elle répande ses cendres dans la mer. Une sirène lui déchire les tympans, c'est pénible d'habiter à côté d'une caserne de pompiers, d'entendre à tout instant retentir la panique. Dans le livre de Laurent, il y a un chapitre sur les Tibétains intitulé « Les funérailles célestes ». Quatre mille mètres de haut, pas un arbre à cette altitude, seulement des pierres, des rochers et le ciel. Si pas d'arbres, impossible d'incinérer. Et terre trop gelée pour enterrer. Alors le corps est exposé aux oiseaux. Cette fois, son diaphragme se détend, ses pensées ralentissent, s'élargissent. Elle voit les hautes montagnes, les rochers, les couleurs orange et rouge du monastère des photos de Laurent. Les vautours qui viennent s'aligner en contre-jour sur la crête des rochers et attendent le signal du prêtre pour ouvrir les ailes, fondre sur la dépouille et s'envoler chacun avec leur morceau de chair. Ils ont faim. Il n'y a pas grand-chose à becqueter à une telle altitude. En deux minutes, les os sont nettoyés. Ceux-ci sont alors pilés avec de l'orge et du sucre pour pouvoir être répandus sur les pierres et mangés. Le corps, lui avait dit Laurent, est la dernière offrande que le Tibétain fait au monde. C'est très beau. Laurent qui a tant voyagé, qui aurait aimé mourir d'une crise cardiaque en gravissant un temple khmer, ou en se faisant piquer par un serpent dans un désert d'Australie est mort à l'hôpital après deux années de descente. Et elle, vivante. Car, valeureuse vieille dame, elle ne va pas mourir dans le jardin du boulevard Pereire. Ferme envers ce qui ne dépend pas de nous, vigilant envers ce qui en dépend. Sans oublier que chaque jour est une occasion de s'améliorer. Quand elle a lu l'histoire de la migration des âmes chez Platon, elle a pensé : j'ai hérité d'une âme si belle, capable d'apprendre et d'aimer, de cycle en cycle des gens ont travaillé pour moi, pour me façonner cette âme, me l'ont offerte, et qu'est-ce que j'en fais ? Je me jette de droite et de gauche comme un étourneau. Ferme envers ce qui ne dépend pas de moi (la mort), vigilante envers ce qui en dépend (le raisonnable). Que Jean appelle ne dépend pas de moi, je ne l'appellerai pas. Elle ôte ses lunettes et s'assoit correctement.

Elle regarde autour d'elle. Ces enfants ont l'air joyeux avec leur frimousse bien nourrie. Ils n'y sont pour rien si à deux pas d'ici, à la bouche du métro Porte de Champerret, une femme sans doute roumaine est assise depuis l'année dernière avec un bébé sur ses genoux et un garçon qui doit avoir quatre ou cinq ans, collé par terre à elle. Souvent elle a eu envie de prendre ce petit garçon par la main et de l'amener là, au jardin, avec un bon goûter, comme elle fait avec Juliette. Elle n'en a pas l'audace. Et la mère sûrement ne le lui laisserait pas. C'est plus facile de penser au petit Vanka de Tchekhov. Elle a donné aux étudiants à analyser « Vanka » le jour du DST, croyant que c'était un devoir facile. Les trois quarts d'entre eux n'ont pas remarqué que Vanka n'inscrivait pas l'adresse complète sur l'enveloppe de la lettre qu'il venait d'écrire mais simplement Grand-père, et dessous : au village. Pourtant, Tchekhov précise que l'enfant réfléchit et ajoute Constantin Joukov avant de porter la lettre à la poste. C'est tout de même une façon d'attirer l'attention, une occasion pour le lecteur de noter qu'il manque quelque chose ! Grand-père au village... du génie à l'état pur, cette adresse. La lecture nécessite un travail de déduction : il n'y a pas d'adresse, donc la lettre n'arrivera pas. Une déduction simplissime. Et si la lettre n'arrive pas, Vanka qui va se coucher confiant et heureux de la venue prochaine de son grand-père, rêvant déjà au petit chien Viounne gambadant dans ses jambes, devra ajouter au malheur d'être battu et affamé par un mauvais maître celui d'être trahi par la seule personne qui l'aime. Et vous ne l'avez pas vu, bûches que vous êtes ? C'est grave. Lou avait dit que les étudiants n'envoyant plus que des mails, il était compréhensible qu'ils n'aient pas fait attention à l'adresse. Peut-être mais c'est grave quand même.

C'est grave, leur avait-elle dit en leur rendant leur DST. L'étude d'un texte est une chose sérieuse. L'étude d'un texte apprend l'attention à ce que l'on a devant les yeux. Car ce que l'on a devant les yeux, que ce soit dans le texte ou dans le monde réel, est à la fois donné et caché. S'exercer à l'attention des indices dans un texte, c'est apprendre à s'exercer au sens caché du monde qui nous entoure. Voilà l'équation du travail que nous faisons ici. Si vous ne faites pas attention au donné, vous ne trouverez pas le caché. C'est tentant d'aller directement au caché, surtout pour des jeunes gens comme vous qui veulent faire preuve d'intelligence. C'est tentant mais c'est comme ça qu'on se trompe. Vous vous jetez directement sur l'interprétation parce que, à l'inverse de ce que vous croyez, c'est plus facile de se mouvoir dans l'abstraction que dans le réel. L'abstraction est un mouvement naturel de l'intelligence contre lequel il faut résister. Car voyez ce que vous avez perdu en route : vous me dites que la nouvelle dénonce le mauvais traitement des enfants en Russie, c'est juste. Mais que faites-vous de la douleur d'être trahi par ceux que l'on aime, douleur si cruelle et si spécifique, qui n'a rien à voir avec celles infligées par le mauvais maître ? Mais encore, vous êtes passés à côté de cette autre douleur que la vie ne vous a sans doute pas encore apportée, celle de voir quelqu'un commettre une erreur sans rien pouvoir faire pour l'arrêter car c'est précisément cette expérience que nous faisons en lisant correctement cette nouvelle. Attention, tu oublies le nom du village et celui du district, a-t-on envie de crier, et on ne le peut pas. On voit arriver le malheur sans rien pouvoir faire.

Elle avait parlé avec cœur. C'était facile pour elle. Elle connaissait les données de l'équation. Le donné et le caché, elle savait les débusquer dans un texte. Elle croyait fermement que s'y exercer dans un texte aidait à le faire dans la vie. Que sa vie n'en soit pas la preuve n'est pas une raison pour ne pas l'enseigner au mieux de ses capacités car, de génération en génération, on se transmet des idées que l'on sait bonnes et que l'on est incapable d'accomplir. Jusqu'à ce que quelqu'un le soit. Ce pourrait être un de ses étudiants.

Le fait que dans « Le mari », nouvelle encore plus simple si c'est possible que « Vanka », ils n'aient pas su davantage faire attention au donné, enfin à tout le donné, ils avaient quand même vu des choses, ils étaient en cours d'apprentissage comme des poulains au débourrage, maladroits et nerveux, ne doit donc pas la décourager. Le téléphone vibre dans son sac. Jean ! Son cœur bondit. Je voulais savoir comment s'est passé votre cours sur Tchekhov hier ? — Pas très bien. — Oh ! Pourquoi ? — Cela arrive, je n'étais pas en forme, eux non plus. — La nouvelle ne les a pas intéressés ? — J'aimerais pouvoir dire oui ou non, mais c'est difficile à savoir. Ils lisent trop vite. Je ne peux pas vous expliquer, vous ne connaissez pas la nouvelle. — Mais si, je les ai achetées, et j'ai lu « Le mari ». Elle rit. Il a lu « Le mari » ! —Quelle horreur, ce mari. Heureusement que les mœurs ont changé. — C'est exactement ce qu'ils m'ont dit. Elle rit à nouveau. Dès qu'elle a vu le nom affiché sur l'écran, le baromètre de son âme a filé au plus haut. Elle est maintenant assise sur le bord du banc, les jambes croisées, repliées, le corps tout entier autour du téléphone, mais aussi comme prêt à bondir. — Il ne fallait pas ? — Si, bien sûr. C'est l'apparence, la première chose qui nous vient à l'esprit en lisant, ce mari est immonde, mais Tchekhov est beaucoup plus fin, en tout cas c'est mon avis, je ne vais pas vous refaire le cours. — Pourquoi pas ? — Parce que ça me barberait ! Comment ça va la vie ? — Bien, et vous ? — Très bien, les roses embaument, je suis au jardin Pereire, je bronze. Et vous ? — Je viens de lire « Le mari ». — Ça vous est arrivé de vous comporter comme ce Chalikov ? — Hou là ! — Je veux dire, de voir votre femme très heureuse sans vous et d'en souffrir ? — Question brutale. — Ah, je devine que cela vous est arrivé. C'est un lieu commun, vous savez. — Sans doute. — On a discuté de la différence entre jalousie et envie. Dans l'envie, il n'y a plus que la haine et le désir de détruire. Vous êtes d'accord avec moi, je parle au juge ? — Absolument. Que ce Chakilov... — Chalikov. — Pardon, que ce Chalikov veuille retourner au bal pour y jeter une bombe, c'est typique de l'envieux. D'ailleurs, les jugements font la différence. Un crime passionnel dont la cause est la jalousie bénéficie souvent de circonstances atténuantes, un crime inspiré par l'envie, jamais. Vous vous souvenez de la lettre du corbeau dans l'affaire du petit Grégory ? Un modèle du genre. « J'espère que tu mourras de chagrin le chef. Ce n'est pas ton argent qui pourra te redonner ton fils. Voilà ma vengeance pauvre con. » Et les frères Kouachi, vous leur avez parlé des frères Kouachi ? — Non.

— Vous auriez pu. Le lien était facile à faire, ça les aurait intéressés. — Vous avez raison, je ne fais pas assez de lien avec l'actualité. — Et votre prochain cours, je ne me souviens plus, sur quelle nouvelle ? — Reza, une nouvelle dans *Heureux les heureux*, un couple d'aujourd'hui, ce sera la dernière. — Alors vous pourrez venir me rejoindre, je suis en Corse. — Vous êtes en Corse ? — Ben oui. — Vous ne m'aviez pas dit que vous partiez si tôt. — Nous n'en sommes pas à tout nous dire. — C'est vrai. — N'oubliez pas mon invitation. Vous aurez la cabane des invités pour vous toute seule si vous me prévenez assez tôt. Ça m'a fait plaisir de bavarder avec vous. Au revoir, Hélène, à bientôt, n'est-ce pas ? — Oui, à bientôt. Elle raccroche. Songeuse. Elle discute avec lui pour la deuxième fois et il se permet déjà des conseils sur son cours, quel culot ! Et puis pourquoi ne pas lui avoir dit qu'il partait si vite… Tout de même, il a lu la nouvelle, c'est un signe. Et le conseil n'est pas mauvais. Zut, le soleil est passé derrière l'immeuble !

Fugue

Hélène s'est mise au travail tôt, s'étant donné pour tâche de finir dans la matinée la lecture de ce que lui a envoyé le journaliste. On sent qu'il n'a pas beaucoup d'empathie pour la jeune fille qu'a été Bernadette. Elle, par exemple, elle se serait davantage attardée sur ses études, elle aurait consulté une de ses dissertations pour sentir le mouvement de sa pensée. Qui sait si Sciences Po ne conserve pas des copies d'examen ? Neuf heures, le bruit des poubelles résonne dans la cour. La copropriété a obtenu qu'elles soient sorties le soir et rentrées après 9 heures du matin. Aussi sec, Hélène téléphone au service des archives. On lui répond qu'il suffit de remplir le formulaire qu'elle trouvera sur le site et de l'adresser par voie postale. Avec bien entendu l'accord de Bernadette. Bien entendu.

Il suffit. Le journaliste, qui n'est pas Laurent, la flinguerait si elle importunait Bernadette. Dès leur première rencontre, Laurent l'avait traitée avec considération. L'amour s'était glissé au travers de leurs discussions techniques… tout doucement sans qu'entre nous rien ne soit dit petit à petit comme le dit la chanson. Hélène écoute parfois cette chanson pour que les larmes lui montent aux yeux. Pleurer fait du bien, surtout quand la peine a pris l'habitude de contracter les muscles au point de ne plus s'échapper que par des tremblements. Ne plus faire l'amour, ne plus pleurer, c'est pareil. Comme le corps s'était détendu avec l'arrivée de Laurent dans sa vie ! Son livre sur les rites funéraires comportait douze chapitres. Ils ne firent pas l'amour avant la fin du dernier. C'était l'hiver. C'était chez lui sur les hauteurs de Belleville. Avant qu'ils ne s'endorment, il avait ouvert grand la fenêtre et était resté nu à regarder la ville en respirant le froid. À quoi pense-t-il ? s'était émue Hélène blottie sous la couette en l'aimant davantage encore de cette station détournée. Elle n'avait pas posé la question. Quand les sentiments leur firent désirer le mariage, c'est leurs formes qu'ils épousèrent, mode de vie, goûts, amis. La forme s'épouse qui s'offre à la vue, s'étudie, mais pas le cœur. Le cœur se garde. Il consent en silence. Son portable vibre. Lou ? Jean ? Numéro inconnu, elle ne répond pas. Long. Elle écoute. Marion Ropart a disparu depuis jeudi dernier ! Elle réécoute, elle ne connaît pas cette dame qui l'appelle, responsable de la vie étudiante et qui lui demande si elle aurait des contacts ou des indications à fournir à l'enquête. Jeudi ? Jeudi, c'est son cours et Marion était effectivement absente. On est lundi. De jeudi à vendredi, de vendredi à samedi, de samedi à dimanche, de dimanche à lundi, quatre jours. Début du cinquième. Marion n'a jamais pris la parole avant d'être interrogée. Elle fait ce geste d'envoyer ses cheveux en arrière. Leur premier contact fut son message demandant l'auteur de la citation du vent dans les éteules. Sa prestation sur Buzzati a été étonnante. Elle a pleuré et eu un malaise. Voilà ce qu'elle sait d'elle, et aussi qu'elle a étudié le russe… Doit-elle signaler le malaise à cette dame ? Ce n'était pourtant rien. D'ailleurs, elle n'a disparu qu'une semaine après. En a-t-elle fait d'autres ? Elle pourrait être enceinte. Ne pas oser le dire, se terrer chez le futur père ou chez une amie. Hélène, qui avait pris la pilule tout de suite, n'a pas connu la terreur du retard. Cent fois aux toilettes pour vérifier si ça saigne, lui disait Laetitia qui l'avait prise pour confidente, de là leur indéfectible amitié, elle l'avait accompagnée en Angleterre. On dit que les filles prennent moins la pilule aujourd'hui. Marion est enceinte et n'ose pas le dire à ses parents. Elle doit encenser plus que jamais de la tête, comme mon Rémus quand j'avais réussi à lui passer le licou. Elle fugue. Elle a fait du russe, c'est rare. Hélène s'était réjouie de le découvrir, le taux d'apprentissage de cette langue aimée ayant dégringolé avec celui des votes communistes. Ne restaient que quelques descendants d'émigrés, de ceux qui ont fui en 17 avec des bijoux dans leurs poches comme les parents de cette dame chez qui le groupe de l'aumônerie de Nanterre se réunissait pour étudier des textes et qui racontait que lorsqu'elle avait demandé à sa mère de lui décrire la maison où elle avait grandi, sa mère avait décrit les salons, les cabinets, la nursery, les longs couloirs, les galeries, les étangs, les forêts, mais pas les cuisines. Et à la question de sa fille : et la cuisine comment était-elle ? La cuisine ? Attends... la cuisine... je ne sais pas... je crois que je n'y suis jamais allée, je ne la vois pas... Grand-père au village... Pourquoi Hélène n'est-elle jamais allée en Russie ? « Vanka » a été écrite en 1886. Révolution, 1917. 1917 moins 1886, trente et un ans, Vanka, 9 ans en 1886 et donc 40 ans à la révolution. A-t-il été plus heureux sous le régime communiste ? Peut-être était-il déjà mort ? Mlle Olga, la fille des maîtres chez qui la mère de Vanka avait servi comme femme de chambre, Mlle Olga qui donnait des sucres d'orge à ce petit orphelin et lui avait appris à lire et à compter jusqu'à cent et même à danser le quadrille, il est bien possible qu'elle ait émigré en France, ait habité Billancourt, comme peut-être la grand-mère de Marion, ou plutôt son arrière-grand-mère. Quel dommage que Tchekhov n'ait plus été là sous le communisme. Il manque bien plus que Tolstoï ou Dostoïevski pour nous donner des nouvelles des gens, des nouvelles de tous les jours. Hélène soupire. Où est Marion ? Elle aurait dû l'envoyer à l'infirmerie, en tout état de cause s'assurer à la fin du cours qu'elle se sentait mieux. Et même, elle aurait dû lui proposer de bavarder. Elle avait bien vu qu'elle mettait trop de cœur à un exercice pour le moins mineur dans son cursus d'étudiante. La violence de ces pardons était un signe qu'elle n'avait pas su déchiffrer. Elle avait attribué les pleurs au trac. Le trac est peut-être un signe de talent mais c'est surtout un signe de faiblesse. Un mauvais contrôle de ses représentations mentales. Elle avait tellement peur elle aussi quand le professeur qui n'avait qu'un bras lui faisait passer sa scène. Exposée, jugée, transpercée. Pourtant nul ne lui avait mis le couteau sous la gorge pour s'inscrire à cette U.V. Elle allait seule à l'échafaud. Qu'est-ce qu'elle cherchait ? Quelqu'un, qui déjà ? Hamed, oui, Hamed avait parlé du pathétique. C'est bien, Hamed, vous avez tout à fait raison. Hamed n'a pas le trac. Elle l'avait choisi pour « Un médecin de campagne ». C'était presque un piège qu'elle tendait à ce garçon si rationnel. Il avait été parfait. Il l'avait amusée en disant que Kafka était un auteur « intéressant ». Pourvu qu'il ne soit rien arrivé à Marion, avec tous ces fous qui traînent. Je devrais peut-être signaler qu'elle a fait un malaise.

Un quart d'heure après, Hélène qui tourne en rond d'inquiétude, téléphone à Mme X pour lui parler du petit malaise, pas grand-chose, elle était assise et elle s'est remise très vite, elle lui a donné un biscuit, imaginant une petite hypoglycémie. Vous n'êtes pas infirmière, Mme X dit, enchaînant qu'on ne lui a rien rapporté mais que les enseignants ne sont pas assez attentifs, que Marion a beaucoup manqué depuis le début du second semestre et que personne ne l'a signalé. Voilà le résultat. Le deuxième semestre de la première année est un passage délicat. Il faudrait que les feuilles d'assiduité soient centralisées pour qu'on puisse repérer les étudiants défaillants, ça fait des années qu'elle le dit à la scolarité. Marion a menti, elle a fait croire à sa mère qu'elle allait chez son père ce week-end, mais son père n'était pas au courant. Elle n'est pas rentrée dimanche soir dormir au foyer où elle loge à Paris, ses parents sont séparés et habitent Besançon. La police penche en faveur d'une fugue parce qu'on a constaté au foyer que Marion avait pris son sac à dos et des affaires. Et les étudiants ? qu'est-ce qu'ils pensent ? demande Hélène. Il ne semble pas que Marion ait lié des amitiés bien que les « triplettes » aient été instaurées pour ça, favoriser les liens. Marion est allée une ou deux fois aux dîners de conférences mais à aucun *afterworks*. Mme X appelle systématiquement tous les enseignants chez qui elle est inscrite. Elle va relancer pour savoir si l'un d'eux a remarqué un problème de santé.

Si quelqu'un sait quelque chose c'est Quentin, pense Hélène qui a noté qu'il s'était assis à côté de Marion la dernière fois et la couvait du regard. Mais la couvait-il du regard ? Ne surinterprète-t-elle pas ? Marion enceinte de Quentin ? Tu déraillles, ma pauvre Hélène. Parce qu'il s'est assis à côté d'elle, il lui aurait passé le licou ? Et qu'est-ce que ça fait si Marion arrête Sciences Po ? On n'est pas obligé de faire Sciences Po. Elle a réfléchi à ce que je leur ai dit à l'occasion de la nouvelle de Jack London. La nature profonde, la personne distincte, l'obligation où est l'âme d'obéir à son principe directeur, un merveilleux exemple que cette nouvelle pour illustrer le principe directeur. Elle aura retenu. Elle aura réfléchi, se sera rendu compte que Sciences Po n'est pas pour elle. Mais elle ne lui a pas rendu le Musil. Ah non alors ! Aucune raison qu'elle garde Musil. Elle lui envoie un message, lui demandant poliment de ne pas oublier de lui rapporter le livre qu'elle lui a prêté, sans faire allusion à sa disparition. Calmée par cette action, supposant qu'elle aura une réponse, Hélène reprend le cours de sa journée. Ferme envers ce qui ne dépend pas d'elle (le retour de Marion), vigilant envers ce qui dépend d'elle (finir la lecture du dossier Bernadette, mettre à jour son courrier, aller chercher Juliette à la crèche). La mise à jour du courrier lui coûte. Voilà deux mois qu'elle a demandé l'ouverture de ses droits à la retraite à la date du 1er septembre 2018. Elle s'y est prise très à l'avance, connaissant son incurie en matière de démarches administratives. Elle n'aurait pas dû, car, d'autant plus, elle repousse la réponse aux deux courriers de la CNAV qui attendent sur son bureau. Du moins les a-t-elle ouverts. Allez savoir pourquoi ils écrivent en double. Deux courriers, arrivant à deux jours d'intervalle, veulent dire un seul courrier, c'est déjà ça. Du point de vue des papiers, sa vie a toujours été une vie de désordre. La reconstitution de sa « carrière » (j'ai fait une carrière ?) en est une preuve accablante, notamment le document intitulé : « Périodes lacunaires à compléter ». Elle se souvient de l'avoir déjà reçu l'année de ses soixante ans. Car la CNAV, dans sa bienveillance, vous envoie, sans que vous ayez rien demandé, votre reconstitution de carrière dès soixante ans. Peut-être même y a-t-il eu une fois déjà vers les cinquante-cinq ans. En tout cas, elle n'y a pas répondu. Périodes lacunaires… l'adjectif l'avait frappée. Un bel adjectif. Elle se voit longeant des lagunes dans une obscurité lunaire. Il serait en son pouvoir dès aujourd'hui d'ouvrir le dossier du lacunaire. Tout ce qui ressemble à un contrat de travail, à une fiche de paie ou à une attestation de chômage se trouve dans un carton à la cave où elle les a entassés lors de l'arrivée boulevard Pereire. Non, pas il serait. Il est. Un stoïcien n'emploie pas le conditionnel. Un, tu descends à la cave, deux, tu tries, trois, tu compares. Est-ce la mer à boire ? Non. Elle ne bouge pas. Pourquoi ce blocage ? Elle redoute sans doute d'affronter la réalité du montant de l'allocation ? Même pas. Elle a roulé des années sans permis après avoir perdu le sien par flemme ou par paralysie face à l'administration. Personne ne se doute de ce chaos intérieur. C'est drôle comme elle fait illusion. Tu ne sais pas lâcher prise, lui dit Laetitia. Et l'autre, là, vous ne pouvez pas lâcher les rênes. Ils croient qu'elle tient ferme la barre de son principe directeur. Ok, elle passe à l'action. Elle n'a pas trouvé d'autre mot que ce Ok pour se dire à elle-même l'impulsion qui la met en branle. Grand problème philosophique du stoïcisme ainsi résolu. Elle prend la clé et descend. Toute petite cave de terre battue. Un vieux manteau de Laurent en coton enduit posé sur des cartons en guise de protège-poussière. Il l'avait acheté en Australie. La première fois qu'elle constatait qu'il perdait dix kilos pendant ces voyages. Elle trouve le carton, le remonte, se fait un café. Décomposer l'action en tâches dont on voit le bout. La première sera chronologique, classer les papiers par dates. Elle avance aussi vite qu'elle le peut, les dates semblant prendre un malin plaisir à se dissimuler sur les papiers administratifs. Elle se dit quand j'aurai fini, Marion m'aura répondu. Si je ne finis pas, Marion ne répondra pas. Elle finit mais, par superstition, elle n'ouvre pas sa boîte de messages. Elle le fera en rentrant de chez Lou. Si Marion n'a pas écrit, surtout ne pas insister, qu'elle se sente en confiance. Se mettre dans l'âme de celui qui parle.

Et voici ce qu'elle trouve en rentrant :

Madame, vous n'avez pas fini avec vos simagrées ? Ah oui je suis sortie de la comédie, ah oui je suis pathétique. Vous n'avez pas compris ce que j'ai voulu faire. Vous n'avez même pas essayé de comprendre que j'étais peut-être maladroite mais que j'essayais quelque chose. Ce n'était pourtant pas difficile à comprendre. Quand une comédienne a à interpréter un personnage qui a deviné que sa femme veut l'empoisonner, il me semble qu'elle peut vouloir rompre avec les codes de la comédie. Si vous voulez savoir, vous êtes vraiment niaise avec vos conseils à la noix, et vos analyses littéraires sont d'un niveau de prof de troisième, et encore, le mien était meilleur. Faut avoir le moral pour suivre votre cours. Je vous renvoie votre livre à l'adresse de Sciences Po. Avec mes encouragements. Marion.

Pensées à l'eau de Javel

Elle rentre de la piscine dégoulinante de Javel. Elle ne répond pas au message de son frère Stéphane qui lui demande de rappeler. Laisse tomber au pied de son lit sac et chaussures, s'allonge d'un coup. Aujourd'hui, elle a monté les cinq étages avec difficulté.

Du réveil jusqu'au départ pour la piscine, et même à la piscine, car Mme X travaille sûrement au-delà de 18 heures, elle s'est dit je dois téléphoner à Mme X pour lui faire part du message de Marion. Elle ne l'a pas fait.

Elle a fini de remplir l'imprimé de la CNAV, avancé dans sa lecture du dossier Bernadette, relu le texte de Reza, lavé son linge, fait les vitres avec minutie, crawlé sur vingt longueurs et laissé une mère dans l'angoisse que sa fille ne soit morte ou séquestrée. Car comment ne pas être effleuré par le pire quand son enfant disparaît ?

Quoi qu'elle sache qu'il est ridicule d'attendre des louanges pour un travail que l'on se doit de faire, d'autant plus d'une personne dont la jeunesse rend les jugements incertains, elle est blessée. Elle ne supporte pas l'idée qu'un autre qu'elle prenne connaissance du message. Et comment dire : j'ai reçu un message de Marion sans révéler son contenu ? Tout le monde sera curieux de savoir. La police l'exigera. Même à Laetitia elle n'a rien dit. Elle a argué de l'état de Lou pour justifier son air préoccupé.

Maintenant il est trop tard, Mme X est rentrée chez elle. Il est trop tard, Hélène, tu t'es débrouillée pour qu'il soit trop tard.

Faut avoir le moral pour suivre votre cours, cette phrase-là l'avait fait rire. Pas les autres. Pas « simagrées ». C'est à parier que Marion l'a entendu de sa mère.

Arrête tes simagrées.

Enfant on pleure trop et plus tard, on regrette de ne plus pleurer.

Marion a-t-elle voulu être méchante ? Bien sûr que non. C'est toi qui prêtes le flanc. Elle ne dirait pas de Frédéric Gros par exemple qu'il fait des simagrées. Le cours de Frédéric Gros est solide, appuyé sur des recherches, des statistiques, une réflexion. Et puis c'est un homme.

Toi, qu'est-ce que tu fais, toi ? Comment définir ce que tu fais ? Tu vaticines, tu fais la leçon, tu cherches à les manipuler au fond... ah non, pas ça, c'est faux. J'aimerais bien savoir quel genre d'enfant a été Frédéric Gros.

Mme X lui a appris que Marion est de Besançon. Pour Hélène, Besançon évoque César, Victor Hugo, Stendhal et l'auteur de théâtre Jean-Luc Lagarce qu'elle a récemment découvert. Jean-Luc Lagarce a commencé à faire du théâtre au lycée de Besançon. Marion n'a pas pu le connaître mais elle a dû fréquenter des gens qui l'ont connu, inconsolables de sa mort tout auréolée de la tragédie du sida. De quoi impressionner une jeune fille. Et si Marion avait décidé d'abandonner Sciences Po pour faire du théâtre ? Dans son message, elle parle déjà d'elle en tant que comédienne. Rompre avec les codes de la comédie, elle répète les mots d'un professeur, en tout cas pas les miens... Oui c'est ça, elle s'est inscrite dans un cours, elle veut entrer au Conservatoire, elle est en train de préparer le concours, peut-être même de le passer, je crois que c'est l'époque. C'est pour ça qu'elle manque. Pourvu qu'elle ne se trompe pas. Qu'elle ne prenne pas le foyer d'humiliation que je sens couver en elle pour son génie propre. Il m'a semblé qu'elle jouait faux.

Un acteur qui joue faux, tous les spectateurs le sentent mais pas lui. Lui, il est sincère. Conclusion, la sincérité n'est pas un critère du juste. Pour qu'un instrument sonne juste, il faut qu'il soit juste, c'est-à-dire conforme à la nature qui lui a donné son génie propre. Or l'humiliation désaccorde l'instrument en en faussant les perceptions. Elle fait feu de tout bois, son foyer est vorace. Si Marion vient au prochain cours, si par miracle elle vient, je parlerai du piège de l'humiliation. On voit bien qu'elle écoute tout ce que je dis avec avidité.

Hélène se rallonge.

De quoi demandait-elle pardon ? De vouloir arrêter Sciences Po bien sûr. Tout est clair à présent. Demain je le dirai à sa mère. Ses yeux se ferment. Elle se retourne dans le lit pour se mettre en position fœtale. Elle cherche sa place, renifle l'eau de Javel sur sa peau, et se laisse glisser vers le sommeil.

Cinq minutes plus tard, elle se redresse et lance dans un élan de révolte : J'anime des ateliers de lecture avec toutes sortes de public, maisons de vieux, de quartier, d'arrêt, collèges et lycées, hôpital depuis plus de vingt ans. J'ai appris à me faire confiance, à faire confiance à mes expériences, à mes déductions, à mon imagination, à mes connaissances. Je puise dedans sans cesse, sans vergogne, et votre camarade écrit

« simagrées » ! C'est une petite garce. J'essaie d'être présente, c'est tout. De ne pas vous vomir un savoir que je n'aurais pas digéré.

Le donné : outrance de l'expression.

Le caché : sa douleur. Pauvre Marion.

Combien c'est vrai. Combien c'est vrai. Combien c'est vrai.

Elle se rallonge de nouveau. Se glisse cette fois tout entière sous le dessus-de-lit qui vient du Pakistan. Qu'on lui foute la paix. Après tout, c'est son droit de garder ce message pour elle, puisque c'est à elle qu'il est adressé. D'ailleurs, il faudrait qu'elle réfléchisse à une réponse. Elle est mal partie, cette petite. Elle ne lui en veut pas. Elle est assez payée du plaisir qu'elle éprouve dans cet atelier pour attendre qu'on la félicite. Et puis, comme dit Épictète, le pied veut-il être remercié de marcher, l'œil de voir ? Pendant le cours, elle marche et voit. C'est parce qu'elle marche et voit qu'elle a dit à Marion qu'elle était sortie du genre de la comédie. Il faudrait lui proposer de prendre un verre.

Les codes, un mot qui s'est répandu comme une traînée de poudre... rompre avec un code, quelle expression... On rompt avec une personne, on rompt un fil. On peut être rompu à un exercice, rompu de fatigue. Les adjudants disent aux soldats : Rompez. Mais rompre avec un code ? L'âge a procuré à Hélène un immense avantage : les tournures en vogue ne réussissent pas à pénétrer sa langue. Tout juste utilise-t-elle celles du sabir pour rédiger son programme de cours. Il faut bien louvoyer. (Mais les mots techniques, les beaux mots intemporels des figures de style, paronomase, synecdoque, ceux-là, oui, elle exige des étudiants qu'ils les connaissent.)

C'est de la faute de la scolarité si elle apparaît aux étudiants comme une potiche d'un autre âge. Chaque année on leur demande de la noter à l'aide d'un questionnaire préparé par la direction des études. Par exemple, cette question où elle récolte des mauvaises notes : le cours vous a-t-il paru en phase avec les problématiques contemporaines ? Concernant les nouvelles sur le couple, il est évident que la question oriente les étudiants vers la problématique du mariage pour tous, et paf, une mauvaise note parce qu'elle ne leur propose pas de nouvelles en lien avec les LGBT. Comme si la vie en couple posait d'autres problèmes quand on est homosexuel ! Homo ou hétéro, un couple reste un couple. Et s'il y a bien une chose qui n'a pas changé depuis qu'Athènes a vaincu Sparte, c'est l'organisation de la société en couples. À Sparte, les hommes ensemble, les femmes ensemble, les enfants ensemble. Cette répartition, qui a fait long feu, n'a donné lieu à aucun récit ou épopée, c'est dommage mais c'est un fait. Elle a dû expliquer à la directrice de la scolarité qui semblait ne pas le comprendre que les questions orientent la perception des élèves, mettent des œillères à leur regard.

Elle n'a pas téléphoné à Madame X parce qu'elle ne veut pas que quelqu'un d'autre qu'elle-même jette les yeux sur ces mots de Marion. Ce message ne regarde personne d'autre qu'elles deux. C'est un secret. Il les lie.

Il faudrait se lever, rincer son maillot et l'étendre, au moins se déshabiller, se brosser les dents mais elle a l'impression que si elle sort de dessous le dessus-de-lit, la faute de ne pas avoir téléphoné pour signaler le message de Marion lui sautera dessus. Tant pis, elle dormira dans les relents d'eau de Javel. Zut, la *Marche turque*, sonnerie de son téléphone, lui parvient à travers le dessus-de-lit. Elle sort un bras, cherche son sac en tâtonnant, attrape son téléphone, c'est Stéphane qui rappelle. On a hospitalisé leur mère qui s'est cassé le col du fémur. Bon, elle se lève et rince son maillot.

Yasmina Reza

Sur le tableau de la salle, elle efface les quelques graffitis du cours précédent. Petite, elle espérait toujours être choisie par la maîtresse pour effacer le tableau. Avant de partir, elle a téléphoné à son ami Éric du temps de Sainte-Croix-de-Lozère. Quand elle était au fond du trou parce qu'une attaque nouvelle se déclarait dans l'état de Laurent, il l'invitait au restaurant. Qu'est-ce que tu veux ? disait-il en lui lisant une carte imaginaire, du riz condé, de la gélatine panée ou une escalope à la salade ? Un spasme s'emparait d'elle. C'était un moment merveilleux, qui n'était aussi merveilleux que parce que le rire venait du fond de sa détresse. Et presque en même temps, elle en avait des larmes, parce que c'était fait pour la faire rire comme dit Reza dans sa nouvelle. C'était fait pour la faire rire ou pour l'inquiéter, même dans les pires moments, écrit exactement Reza de l'humour de Robert envers Odile. Dans le cas d'Éric, c'était pure gentillesse. Mais il était facile pour Éric de la faire rire, elle n'était pas sa femme qui, elle, ne riait plus depuis longtemps. Un mari qui prend tout à la blague n'est pas forcément gentil. Tandis qu'Odile Toscano, bien qu'elle ne cache pas à quel point Robert l'agace, et même à quel point elle s'est éloignée de lui, Odile Toscano qui est la femme de Robert Toscano rit toujours aux blagues de son mari, enfin, a envie de rire mais ne le montre pas, c'est pareil. Ils sont forts, Robert et Odile, très forts. Surtout Odile d'ailleurs car comme je vais le leur démontrer, c'est elle qui fait tous les gestes de la réconciliation, conclut-elle en posant la brosse à effacer et en s'asseyant à son bureau. D'un coup d'œil en entrant, elle avait repéré que Marion n'était pas là. Elle ne viendra pas, elle aura bien trop honte. Lucie lit un livre, absorbée. Benoît et Quentin bavardent doucement. Les autres ont le nez sur leur ordinateur. Elle regarde l'heure à la pendule. Rien ne marque dans leur comportement qu'il s'agit du dernier cours, qu'ils ne la verront plus. Ils sont sans doute déjà ailleurs, prêts à bondir dans l'été. Comme on voit peu de leur histoire à travers leurs visages, de quelque origine qu'ils soient ! On devine leur tempérament quand ils s'expriment mais pas leur histoire. L'histoire ne se voit pas. Encore trois minutes. Profitons de ces trois minutes, ne perdons rien de ce temps qui nous est encore commun. Je ne sais pas si je vous ai déjà dit, entame-t-elle doucement, que nous avons eu la chance cette année d'avoir une pendule dans la salle de cours. En effet, une pendule, c'est une représentation géométrique du temps, représentation plus riche que des chiffres clignotant sur un écran. Une pendule, c'est un appel à l'union du concret et de l'abstrait. Leurs yeux sont tous levés vers elle, sont-ils polis ! Unir en un seul mouvement l'abstrait et le concret est une spécificité purement humaine, c'est pourquoi on se sent bien, on éprouve une satisfaction quand on regarde l'heure sur une horloge. Il importe de préserver dans notre environnement ces représentations concrètes d'une idée abstraite. C'est ainsi que l'on marche sur ses deux pieds. Sans compter que la pendule offre l'heure à tous. Tous, qui que nous soyons, d'où que nous venions, quand nous lisons l'heure sur une horloge dans la rue, sur un mur de classe, sur une gare, une mairie ou une église, nous faisons un acte qui nous unit. Ludivine sourit. Elle est mignonne, cette Ludivine, pourquoi souriez-vous, Ludivine ? — Moi ? je ne souris pas. — Mais si, vous souriez. C'est bien pour quelque chose. — Parce que vous nous avez déjà parlé des pendules, dit-elle en rougissant, mais c'est pas grave. — Effectivement, ce n'est pas grave, j'ai cru ne pas vous en avoir parlé et mieux vaut deux fois que pas du tout. D'ailleurs, voilà la grande aiguille sur les trois quarts, c'est donc l'heure. Ne te laisse pas démonter, ma petite Hélène, ce n'est pas parce que tu rabâches que tu perds la face, un bon professeur rabâche. C'est l'heure, c'est la circonstance où il t'est donné d'agir, Marc-Aurèle x, 33. Agis. Sois au top. Lumière. Audace. Précision. Au diable les simagrées. Elle fait l'appel sans sauter Marion. Et désigne courageusement Cléo qui vient planter son petit squelette devant la classe et entame son récit d'un ton détaché. Toutes les deux phrases elle dit de fait, elle rallume et de fait lui dit de prendre un Stilnox, ça l'éclate... Il dit qu'il va à l'hôtel et de fait part s'habiller dans la salle de bains... De fait, l'enfant pleure parce que la mère a menacé d'attacher le doudou pour qu'il ne le perde plus... Odile se tourne et de fait se rapproche de Robert qui lui dit qu'il voudrait l'attacher. Un résumé plutôt qu'un récit qui fait l'impasse complète sur l'humour du texte. Victor rectifie. Victor dit que Robert dit : Moi j'en avais encore un (doudou) à dix-huit ans et qu'Odile se retient de rire. Et Hamed, un peu aidé par elle, trouve qu'il y a une deuxième forme d'humour, celle de l'auteur qui tout au long du texte prépare une comparaison entre un doudou et une épouse. Vous n'avez pas vu l'humour, Cléo ? — Si mais ça m'intéresse pas. D'ailleurs les scènes de ménage, ça m'ennuie. Maupassant, c'était mieux... c'était social, politique, il y avait deux crimes, l'un de la part du fermier et l'autre de l'état. Tandis que là... — Là c'est quoi ? — Je sais pas, c'est domestique. — Juste, c'est domestique, le monde courant, le pain quotidien. Nous ne sommes plus au XVIIe siècle où seuls les actes héroïques convenaient à la littérature. D'ailleurs, même dans l'*Iliade*, Homère parle d'Achille bébé sur les genoux de Phénix. Odile regrette que son mari ne soit pas un conquérant, mais elle compose avec le domestique. Tous, vous aurez à composer avec le domestique. C'est une obligation requise par la vie puisque l'homme est un animal social. Tous, vous essaierez de ne pas en faire un désastre. Tous, un jour dans votre tête, vous pourrez consulter le manuel d'Odile et Robert en cas de crise. Donc, nous nous mettons d'accord sur le fait qu'il s'agit d'une scène de ménage sauvée du désastre par l'humour ? Lisez-nous la fin, Victor. — *Nous restons tous les deux un moment de chaque côté du lit, contemplant des murs opposés puis je me tourne, une fois de plus, et je vais me coller contre lui. Robert met sa main sur mes reins et dit : je devrais t'attacher aussi.* — Merci, est-ce que ça se termine bien ? Vous pensez, pas vraiment, bien entendu. Le *une fois de plus* vous empêche de trouver que ça se termine bien. Quant au verbe attacher ! Je n'en parle même pas, il est là pour ça d'ailleurs, mis en valeur comme il l'est, en fin mot de l'histoire. *Je devrais t'attacher* a beau être un mot d'humour, voire un petit mot doux, vous le jugez scandaleux. Essayons d'avoir la vue plus fine. Pourvu qu'elle ne manipule pas, un ami manager lui a dit qu'amener l'interlocuteur à dire de lui-même ce qu'on voulait qu'il dise était une manipulation et une jouissance. Elle en a été horrifiée. Le texte de Reza suit instant après instant le déroulement de la scène de ménage. Ce qu'il fait, ce qu'elle fait, ce qu'elle lit, ce qu'elle pense. Un enchaînement minutieux où rien n'est omis, du point de vue d'Odile bien entendu, et qui donne le sentiment d'une mécanique implacable. À quel temps sommes-nous, Quentin ? — Euh, au présent. — Oui, au présent, mais lequel ? — Comment lequel ? — À quel mode ? — Ah, euh, à l'indicatif. — Merci. Profitez-en pour sentir ce qu'est une valeur indicative. Ce texte en est un bon exemple. Pourtant, dans cet enchaînement, que je vous ai dit implacable notez bien, il y a un blanc. Je devrais peut-être dire un manque, mais un manque qui ne serait pas là par hasard, oui, manque, c'est bien. Un manque dans la chaîne des causes et des effets. Mais là je vous aide trop. Prenez le temps de lire. Ils lisent. Leurs visages sont beaux, concentrés dans la lecture. Quand Laurent a commencé à être très malade, au début, ils ont continué à dormir dans le même lit. Et puis un jour, par respect pour son état peut-être mais peut-être aussi pour que ce soit plus confortable pour elle, ils ont fait chambre à part, c'est-à-dire qu'elle est allée dormir dans le salon. Ils ont eu plusieurs scènes de ménage, mais une seule où ils n'ont pas fait la paix avant de s'endormir. C'était affreux, elle était comme morte dans le lit. Mais au moins elle était dans son lit, tandis que lorsqu'elle était allée dormir dans le salon elle s'était donné l'impression de quitter le navire. Odile et Robert sont dans le même lit. Odile fait la paix. Quelle surprise. Elle n'aurait pas dû dire un blanc ou un manque, elle aurait dû dire une surprise. Dans Tchekhov, haine épaisse et silencieuse, pas de surprise, le mal prévisible jusqu'au bout. Chez Reza, le bien imprévisible. Avec Xavier, pas de scènes car elle ne savait pas s'opposer. Avec Laurent, une scène où elle a été incapable du geste d'Odile, le remords l'en poursuit encore. Est-ce qu'ils vont sentir ce blanc ? Alors ? demande-t-elle. Cléo ? — Je ne vois pas, tout m'a l'air très logique. — Quelqu'un ? Oui,

Hamed. — Peut-être l'avant-dernière phrase : *Nous restons tous les deux un moment de chaque côté du lit, contemplant des murs opposés puis je me tourne, une fois de plus, et je vais me coller contre lui.* — Mais oui, bien sûr ! Bravo, Hamed, je suis très heureuse qu'au moins l'un d'entre vous ait senti cette nuance très fine, dites-moi laquelle. — Ils restent un moment sans qu'il se passe rien et sans qu'on sache à quoi elle pense, ça fait un blanc. — Exactement. Pour la première fois on ne sait pas ce que pense Odile. Car vous n'allez pas me dire qu'elle examine l'état du mur. Pour la première fois, le mouvement s'est arrêté. Le lecteur ne voit qu'une image, n'entend que le silence. Odile et Robert dos à dos dans leur lit. Mais le véritable blanc, Hamed, il est juste après, juste après, tout juste après, vous le voyez ? — Euh... *puis je me tourne* ? — Non, non, c'est trop. Il ne s'agit que du *puis*. Qu'est-ce que ce *puis* ? Vous pouvez me dire ce que signifie ce *puis* ? Puis indique un lien de successivité, nous restons dos à dos *puis* je me tourne. Est-il possible de se contenter d'un lien de successivité quand il s'agit d'un retournement à 180 degrés ? Non, quelque chose ici n'est pas dit. C'est à nous de le deviner, comme on devine une forme dans l'obscurité. Pourquoi Odile se tourne-t-elle ? Silence dans la salle. Il faut bien qu'il se passe quelque chose puisque Odile se tourne. À un mouvement, il faut une cause motrice. Laquelle ? L'auteur l'a cachée. Ou du moins s'est retenu de la signifier. En fait, il veut nous dire qu'Odile est mue. Visages incrédules des étudiants. Oui, Odile est mue, tel un astre. Et ne prenez pas le *une fois de plus* dans un sens négatif. Au contraire. Les astres, c'est comme ça, ils gravitent toujours une fois de plus. Ce une fois de plus, c'est le consentement d'Odile. Le consentement à une fois de plus accompagner la force d'attraction qui régit sa vie. Consentement. Voilà le mot non dit mais présent. Consentement. Vous comprenez ? — Pas du tout, dit Cléo. Odile ne consent pas, elle cède. Elle cède une fois de plus, c'est tout. — C'est une lecture possible, la première qui vient à l'esprit. Mais moi, Hélène Bourguignon, je vous dis que les auteurs cachent les choses dans l'espoir que quelques singuliers lecteurs les découvriront. La porte est ouverte pour Odile, nous ne sommes pas dans Tchekhov, c'est une femme qui gagne bien sa vie, elle aurait la possibilité de divorcer. Je constate qu'elle ne le fait pas.

Plus tard, après avoir rendu leur dernier travail auquel ils se sont mis en rechignant car quand même, pour le dernier cours, on pourrait faire autre chose que travailler: lister les conjonctions de coordination dans le texte et commenter leur emploi, alors qu'ils sont en train de fermer leurs ordinateurs, que déjà certains ramassent leur sac, la porte s'ouvre d'un coup : Marion ! Qui entre, toute de rouge vêtue, le visage rayonnant. On dirait un coquelicot, avec ses cheveux noirs, sa jupe à volants rouge, ses sandales à talons rouges. Une entrée vraiment théâtrale ! Tous se tournent vers elle qui a le Musil à la main. Un petit silence, puis Hélène qui s'écrie : — Vous l'avez eu ? — Quoi ? — Le Conservatoire ! — C'est ma mère qui vous a dit ? — Non. — Comment vous savez ? — Je le sais. Vous l'avez eu ? — Oui. — Félicitations, félicitations, votre camarade préparait le concours d'entrée au Conservatoire d'art dramatique. Un concours très difficile. Et elle l'a eu ! Bravo ! On peut l'applaudir. Sous les applaudissements, Marion rejette glorieusement sa crinière en arrière et tend le Musil à Hélène. Cela vous a plu ? — Je n'ai pas bien compris. — C'est normal, le texte est très secret. Mais Marion écoute à peine, elle est allée embrasser Quentin. C'est la débandade. Attendez, attendez, dit Hélène, la grande aiguille n'est pas encore sur la demie. Au fait, savez-vous pourquoi la grande aiguille indique les minutes et la petite les heures ? Non, lancent-ils tous. Eh bien moi non plus. Ils rient et partent en glissant un au revoir en passant devant elle, mais pourquoi évitent-ils son regard ? Pourquoi pas un merci ? Un seul range encore son cartable. C'est

Hamed qui traîne. — Au revoir, madame, merci pour les cours, dit-il en piquant un fard. Elle l'inviterait volontiers à prendre un verre mais elle ne sait comment s'y prendre. Et lui, intimidé, se hâte maintenant.

Mère amour

Elle marche vers le pont du Carrousel, vidée comme si les vingt étudiants jusqu'à présent rangés dans sa tête s'en étaient évadés par un conduit intérieur. Ils sont partis. Peut-être un jour l'une ou l'un aura-t-il les honneurs de la renommée et son visage lui apparaîtra-t-il à la télévision avec encore un peu de sa grâce adolescente. Elle flotte, désorientée, dans l'air ensoleillé. Ah si ! Sa mère, rallumer le téléphone au cas où Stéphane aurait laissé un message. Le nom de Jean s'inscrit. Elle sourit, rassurée. Un texto cette fois : Ça s'est bien passé ? — Oui, répond-elle. Toujours en Corse ? — Oui, vous venez ? — J'arrive, s'empresse-t-elle de répondre, se fiant à l'impulsion de son âme sans penser à sa mère ni à sa fille, le message est déjà parti, impossible à rattraper. Elle appelle l'une et l'autre, plutôt Lou et Isabelle pour avoir son point de vue sur l'état de sa mère. Isabelle, la femme de Stéphane. Isabelle qui, pour la première fois depuis qu'elle est mariée, se trouve aux Riaux sans sa belle-mère, comment a-t-elle pu supporter ce fait d'un autre âge ? Sa mère s'est pris un pied dans le tapis kazan du couloir. On ne va pas l'opérer, elle est trop faible. Alors elle ne pourra plus jamais remettre le pied par terre ? Si, peut-être que si, l'os peut se ressouder. Hélène se souvient du sombre pronostic de sa mère à propos d'une de ses tantes : le col du fémur, c'est mauvais, quelle idée aussi de monter sur un escabeau, changer une ampoule, à son âge. On se relaie, Stéphane et moi, pour aller la voir, on lui apporte ses repas, elle ne mangerait rien sinon. Enfants exemplaires. Je viendrai dès que je pourrai, dit Hélène bien qu'Isabelle ne lui ait rien demandé. Elle pourrait dès aujourd'hui, elle en profiterait pour faire un tour à Arthel dans le château des grands-parents de Bernadette. Au revoir, Isabelle, à bientôt. Oui, à bientôt, Hélène. Isabelle est une femme généreuse et calme, la fréquenter fait du bien. Arrivée au pont, Hélène s'accoude au parapet, vers l'aval du fleuve, le cartable de Laurent sur ses pieds. Jean a écrit. Jean le sportif. Jean de Sartène. Jean qui ressemble au bibliothécaire qui a franchi la ligne par amour. Il n'a pas beaucoup parlé au dîner. Tandis qu'elle a été volubile – du temps de Xavier elle n'était pas volubile, le goût de parler lui est venu avec Laurent.

Elle fixe les eaux courant sous le pont, pense aux noyés. Au petit Grégory. Laurent a voulu que ses cendres soient dispersées dans la mer Ionienne. Elle l'a fait, par une journée de lumière éblouissante. Aujourd'hui, elle est là, en compagnie des morts, dans l'air ensoleillé, des pensées plein la tête déjà douces à caresser. Mais qu'est-ce que ça veut dire, plaire ? Vous pouvez m'expliquer, Jean, ce que veut dire plaire ? Impossible qu'il s'agisse du sexe. Pour se plaire l'un et l'autre, il faut se regarder, et pour se regarder, il faut une distance qui disparaît quand on fait l'amour. — Vous ne le faites plus ou vous ne voulez plus le faire ? Elle aime qu'il ait relevé cette nuance. L'amour passerait encore une fois dans sa vie ? Comme Marion et Quentin ? Le fil enroulé des événements qu'elle sent parfois serrer son cou pourrait-il une fois de plus la tirer vers l'avenir ? À l'anniversaire de Laetitia, ils se sont assis chacun sur les coudes du même fauteuil, une assiette sur les genoux, elle à gauche, lui à droite. Un peu en équilibre comme l'assiette. Qui est allé vers l'autre ? Vous êtes une ancienne de Sainte-Croix-de-Lozère ? — On ne peut rien vous cacher. Une mondanité mais déjà le fauteuil semblait les unir. Elle va rentrer à pied, se dit-elle, en marchant d'un pas tranquille. Elle se laisse traverser par ce qu'elle voit, les visages des touristes, les *salaries men* et *weemen,* les enfants dans les poussettes poussées par des Africaines. Il y a des cons qui disent que l'amour rend aveugle, c'est faux. La flèche vous ouvre l'œil avant le cœur. Isabelle, sa belle-sœur, sait bouturer, faire le pain, s'occuper de sa belle-mère, rendre son mari heureux. Elle n'a jamais pris le temps de penser à Isabelle, la considérant comme incrustée à ce point dans le paysage des Riaux qu'elle en était indissociable, Isabelle est une fille formidable. Et Marion dans sa jolie tenue rouge. Métamorphosée par sa réussite. Elle aimerait bien savoir quelles scènes elle a présentées au concours. Prends l'instant présent, Hélène, et cette force qui te gonfle comme une voile, sers-t'en. Profites-en pour aller voir ta mère. Tu aurais ainsi fait ton devoir. Après tout ce que tu as dit à tes étudiants… « À chaque heure, occupe-toi de tout ton soin à faire ce que tu as sur les bras. » Quand on a une mère à l'hôpital, on va la voir. Correctement. Et non pas vite fait pour s'en débarrasser. Elle entamera son cours de l'année prochaine par ce précepte d'Épictète.

Place de la Concorde, elle rappelle Isabelle. Lui dit qu'elle sera là samedi. C'est bien.

Une fois chez elle, consulte le calendrier des vols pour Figari, envoie un texto : Lundi 15 h 30.

Figari ? Réponse : Lundi 15 h 30 Figari. Elle réserve. Demain elle ira voir Lou.

Avant de se coucher, elle se regarde nue dans l'armoire à glace, de face puis de profil. Elle s'oblige à fixer le double menton, la peau relâchée à l'intérieur des cuisses, le petit réseau de veines violacées, tous ces désastres qui sont le prix à payer pour n'être pas déjà morte. Mais elle a beau les regarder, elle n'arrive pas à se convaincre de leur réalité, ils lui apparaissent comme des déguisements intermittents, qu'elle oubliera d'emporter à Sartène. Que déjà, ce soir, elle ne trouve pas si redoutables.

Elle prend le train du matin. Stéphane vient la chercher à la gare. Isabelle les attend pour déjeuner aux Riaux puis Stéphane l'emmène à l'hôpital de Clamecy. Stéphane et elle de chaque côté du lit. Leur mère, toute petite coquille, endormie, reliée par son bras à une potence. Hélène lui touche le bras, murmure : maman. Sa mère ouvre les yeux et la regarde avec curiosité. C'est toi ? Hélène d'une voix trop légère répond oui, c'est moi. Un sourire bête s'est figé sur son visage, qu'elle n'arrive pas à chasser. — Pourquoi tu prends cet air benêt ? demande sa mère. Pensant de tout son soin à Épictète, Hélène fait comme si elle n'avait pas entendu. — J'ai une bonne nouvelle à t'annoncer, tu vas être une deuxième fois arrière-grand-mère. — Ah, tu féliciteras

Lou. Les arrière-petits-enfants... trop tard pour moi, ça ne m'intéresse plus. Mais toi, comment vas-tu ? — Je vais bien, c'est la fin de l'année. J'ai fait mon dernier cours cette semaine. — Ton père était fier que tu fasses ce cours... On entend au loin l'alarme d'un appareil de surveillance médicale. Le frère et la sœur se taisent. Il y a très longtemps que leur mère n'a pas eu une conversation suivie... Moi, reprend sa mère, j'ai été fière quand tu as commencé tes ateliers en prison. Hélène sent les larmes lui monter aux yeux. C'est Antoine Bontemps qui me l'a appris, tu te souviens d'Antoine Bontemps ? Sa petite sœur a été arrêtée pour trafic de drogue. Tu lui faisais lire *Le Vieil Homme et la Mer.* Un sanglot noue la gorge d'Hélène. Stéphane lui vient en aide : Le médecin est passé ce matin ? — Penses-tu ! Fais-moi sortir, Stéphane. Tu as ta voiture, non ? Viens, on fout le camp. — Attends un peu, ma... maman, tu ne peux pas encore te lever. — C'est ce qu'ils disent. À cause des pépettes. Et elle fait le geste de palper des billets. Alors, tu me ramènes ? — Non, maman, je ne... peux pas. Je t'ai apporté une part de tarte à la rhubarbe, goûte, elle est délicieuse. — Je n'ai pas faim, répond-elle. Et usant de sa seule liberté, elle ferme les yeux. Stéphane part à la recherche d'un médecin, sans grand espoir, on est samedi après-midi.

Hélène regarde sa mère si immobile qu'elle semble ne plus respirer. Marie, la mère de Jésus, a tenu son fils mort dans ses bras. Est-ce que ça arrive encore qu'on tienne un mort dans ses bras ? S'il est à l'hôpital, couché sur son lit, ce doit être difficile. On ne peut pas recevoir le mort dans ses bras comme Marie a reçu son fils, il faudrait pour cela que le mort ait été crucifié ou pendu. Et même à la maison, lever un mort pour le serrer dans ses bras doit être très difficile. N'empêche, l'idée que quand sa mère sera morte elle la serrera passionnément traverse Hélène. Son frère revient bredouille. Devant le sommeil obstiné de leur mère, ils partent sans faire de bruit, la tarte posée sur la table de lit.

De retour vers la gare, ils roulent en silence. La sœur attend de son frère un mot qu'elle-même n'est pas capable de prononcer. Mais lequel ? Ils n'abordent jamais leur enfance. Sa mère ayant perdu de son autorité, la vie n'est pas désagréable au mois d'août et l'envie ne viendrait pas à Hélène de remuer ses vieux chagrins. On va se baigner dans la Loire ou au lac de Chaumeçon. On fait du vélo le long des canaux. On va chez les uns, chez les autres qui habitent encore la région ou qui y viennent en vacances. On ramasse les premiers cèpes. On fait des confitures. Louis, banquier à Londres, vient passer une semaine avec sa femme qui, comme toutes les Anglaises, disait son père, monte très bien à cheval. Hélène participe au bon déroulement des journées, mais elle se retire souvent pour lire. Le mois d'août enfant, passé à lire, *Les Trois Mousquetaires*, *Guerre et Paix*, *Les Thibault*, *Les Faux Monnayeurs,* livres à tout jamais marqués de l'odeur de la paille et du soleil d'août. Quand Hélène a cessé de venir, Stéphane a pris toute la place pour ses parents, c'est normal. Il est le maître des lieux. Il est plein de son travail d'agriculteur, c'est sa raison d'être. À le voir de profil, concentré sur la route, Hélène se dit que son frère est l'illustration parfaite de la théorie stoïcienne de ce que l'on a une place et pas une autre et que l'on se doit de la tenir au mieux. Elle n'ose pas le lui dire. C'était un enfant ravissant que sa mère aimait à la folie, voilà le secret de sa mère, la folie d'amour, toute sa capacité d'amour investie en lui. Ma… maman ne remarchera pas, dit Stéphane, rompant le silence, la fracture est mauvaise, elle souffre chaque fois qu'elle bouge. — On lui donne des antalgiques ? — Oui, mais c'est gênant pour sa tête. — J'ai pas trouvé. — Tu viendras en août ? — Sans doute, cela dépend de l'état de Lou. — On te laisserait peut-être maman, nous voudrions aller voir Patricia à New York. Elle aussi, elle attend un en… enfant. — Ah… Tu as vu comme elle m'a accueillie ? — Elle est comme ça, tu la connais.

— Elle est comme ça avec moi. Pas avec toi. Tu es sûr qu'on ne va pas rater le train ? — Non, non, ne t'inquiète pas… C'est pour ça que tu n'es pas venue pendant si long… temps ? Parce que j'étais le pré… préféré ? — Mais pas du tout, Stéphane. Tu as pensé ça ? Tu as pensé que je pouvais t'en vouloir ? — Oui. — Tu t'es trompé. Je ne venais plus d'abord parce que j'allais divorcer, ensuite parce que j'avais divorcé. Je ne trouvais pas le courage de le leur dire. C'est Laurent qui m'a fait comprendre que c'était ridicule, qui m'a poussée. — Ah… — La petite Bontemps, elle était où ? — À Fleury-Mérogis, elle était partie vivre en région parisienne. — Comme moi, la perdition…

Ils passent devant les éoliennes, une longue rangée au milieu d'un champ. Ils se taisent. Tu sais, reprend Stéphane, j'ai regretté que tu te sépares de Xavier. — Ah oui ? — C'est lui qui m'a fait découvrir la musique. — Ah oui ? — Tu ne te souviens pas qu'une année il m'a offert une chaîne à Noël ? Vous aviez dû en changer, et il m'a apporté la vieille. J'étais très content. Tu ne te souviens pas ? — Peut-être… — Je l'ai toujours, avec les disques de Horowitz qu'il m'a offerts après. — Ah oui, les disques gris, numérotés ? — C'est ça. Tu viendras cet été ? — Oui, si Lou va bien. Quelle heure est-il, je vais rater le train. Je ne peux pas rater le train.

Je déjeune chez Simon et Lou demain et lundi je pars pour la Corse. — Pour la Corse ? — Oui, chez des amis. — Chez des amis ? Tu es sûre, chez des amis ? — Non, tu as raison, chez un ami. Comment as-tu deviné ? — Parce que c'est toi. Chez des amis, tu ex…xagères, je ne suis pas les pa…parents. Ils passent devant le beffroi de la mairie de Lonzy, agrémenté d'une horloge. Tu vois, dit Stéphane, il est 17 h 30, il nous reste une demi-heure. Alors, cet ami ? — Je le connais à peine, mais c'est le premier homme qui me plaît depuis la mort de Laurent. — Je te trouve très belle. — Vraiment, tu ne plaisantes pas ? — Pas du tout. Tu es très belle. — Arrête ! Je crois tout ce qu'on me dit !

Sartène

Elle se laisse porter les yeux fermés, adressant un sourire éperdu à l'hôtesse qui lui touche l'épaule pour savoir si elle désire un thé ou un café. L'avion, entamant sa longue descente, n'a pas d'autre but que de la déposer, princesse secrète, sur le sol de Corse. Il tangue, se stabilise juste avant de se poser. Du vent. Du soleil. Tout habillée de rouge, comme Marion, Hélène traverse le tarmac en roulant sa petite valise, sac à dos sur l'épaule. Ils se sont vus le 21 avril et le 4 mai. Nous sommes le 21 mai, 21 moins 4 font 17. 4 mai moins 21 avril font 4 jours pour mai 9 pour avril, égale 13. Encore que la véritable première date soit celle du 25, jour où il a téléphoné. Laurent 18 juin, Jean 25 avril. Le coup de téléphone de Laurent succéda de cinq jours à leur première nuit. Au matin il lui avait annoncé qu'il partait le soir en reportage. Elle avait pensé : c'était donc la première et la dernière nuit ? Le livre est fini, il couche avec moi en guise de conclusion, quoi de plus plausible. Mais elle avait repoussé cette mauvaise pensée. Il n'avait pas dit où il allait ni quand il revenait et elle n'avait pas demandé. Il voulait l'éprouver, pensait-elle, et elle s'était juré de le laisser rappeler. Il avait rappelé. Elle pénètre dans le hangar. Au nom du Père, du Fils et du Saint-Esprit, faites que ce soit le même que celui qui m'a plu. Il est là. C'est bien lui. Avez-vous fait bon voyage ? lui dit-il en prenant sa valise. — L'avion a beaucoup bougé dans la descente. — C'est le vent, il devrait tomber demain, dixit la météo qui n'est toutefois pas très fiable en Corse. Les voilà sur le parking, c'est si simple et si extraordinaire, en deux heures de temps. Voici mon carrosse, dit-il, désignant une Renault Kangoo. Pardonnez le foin, je trimbale du jardinage. Il s'affaire aux choses concrètes, charge la valise, ouvre la portière, la ferme, monte de son côté, démarre, petites actions bénéfiques pour affronter l'émotion que dégage l'audace de sa venue. Il lui fait les honneurs de la route qui longe la mer puis traverse des collines de maquis impénétrable, ici on comprend ce que veut dire prendre le maquis, dit-il. Les cistes sont en fleur, vous venez à la belle saison. Là, des asphodèles. Bocca veut dire col. Nous parlons corse comme vous voyez. Elle répond par monosyllabes sans trouver quoi dire. La voiture monte. Sartène en vue, regardez ! Elle la voit, le cœur de hautes maisons grises accrochées au rocher, à peine adouci par les abords d'habitats plus récents, par la tache blanche du cimetière. Et tout en haut un bâtiment coloré de ciment rose, le lycée dans toute sa splendeur. Ils s'engagent dans une rue étroite, longent la place avec son église, ses escaliers, ses platanes et ses palmiers pour prendre une rue qui s'éloigne du cœur et dont les maisons s'accrochent les unes aux autres, tournées vers la mer bien loin au-dessous d'elles. C'est là, dans cette rue à la vue vertigineuse. Bienvenue et merci d'être là, dit-il en lui ouvrant la portière. Un petit escalier descend raide vers la porte d'entrée en contrebas, ça ne va pas être facile avec ses talons. La porte est petite, peinte en bleu. Il sort de sa poche un trousseau de clés. On entre directement dans une pièce qui doit faire salon, avec un gros poêle sans doute à bois, comme autrefois dans la cuisine des Riaux. La pièce est froide, elle sent l'humidité. La baie vitrée happe le regard. Pendant le dîner à Paris il lui avait dit Sartène est une ville de montagne au bord de la mer. Venez voir votre cabane, dit-il, en lui faisant signe d'approcher de la baie. Il lui désigne, juste en dessous, un petit toit coiffé d'un figuier. Voulez-vous tout de suite vous y poser, défaire votre valise ? Elle veut bien, toujours par monosyllabes. Ils ressortent et empruntent un escalier encore plus raide avec une mince rampe de fer forgé menant à la cabane encore plus accrochée au flanc de la montagne que sa maison mère. Vous n'avez pas le vertige ? J'ai oublié de vous demander. — Ça va, je ne l'ai pas. Il ressort son trousseau et ouvre la porte avec difficulté. Spéranza vous a préparé la chambre. Une petite pièce avec la même baie sur la même vue, qu'on aurait dite monacale s'il n'y avait un dessus-de-lit fleuri et molletonné. — De votre lit, vous ne verrez que le ciel étoilé, lui dit-il. Ah ! Spéranza a pensé aux bougies. L'électricité est vieillotte. On ne sait jamais. Je vous laisse, prenez votre temps. Il sort, forçant sur la clenche pour refermer.

Quel endroit incroyable, se dit-elle. Elle ouvre la porte à côté du lit, découvrant une minuscule salle de bains qu'éclaire un œil-de-bœuf entrouvert sur le figuier. Retourne à la baie contempler la vue grandiose, panoramique. On dirait une vigie, pense-t-elle. En face, l'autre flanc de la vallée qui va s'évasant et s'abaissant jusqu'à la mer, le golfe de Valinco, a-t-il dit dans la voiture. En bas, dans la plaine, le vert plus clair de prairies, peut-être de vignes. Vers la droite, des montagnes de roches rouges, hautes et épineuses, inhospitalières. Et vers la gauche, la mer dont le vent fait claquer la lumière au soleil. Un martinet passe en un éclair. Elle n'ose pas ouvrir à cause du vent. Il lui semble qu'il n'y a pas de volets, rien d'autre que des rideaux de coton blancs comme les murs. Dans la chambre, outre le lit, un placard et une petite table pliante sur laquelle est posé un chandelier avec une boîte d'allumettes. Elle s'assoit sur le lit, s'allonge. Matelas de laine récemment cardée. Délicieux. Plafond un peu décrépi avec traces de fuite. Elle se demande ce qu'elle pense. Rien, en fait. Ou si. Laisse-toi faire, lâche les rênes. Lâche les rênes. Et d'avoir trouvé ce devoir, cette direction à prendre, elle se sent tout de suite mieux. Elle défait sa valise et se recoiffe.

Elle sort, tire fort sur la porte pour la fermer correctement. Remonte les escaliers. Frappe avant d'entrer. Il vient ouvrir et l'emmène prendre un verre sur la place.

Dans les rues il marche du pas calme de celui qui se sait chez lui. Lui explique ce qu'elle voit, les grosses pierres de granite gris qui donnent aux maisons l'air d'être faites de murailles, l'affleurement de la roche partout, les ruelles étroites où la lumière pénètre à peine et le soleil jamais, le nombre de volets clos, le nombre d'escaliers. Devant une porte sous une voûte où l'air est carrément glacé, il dit qu'il doit passer dire bonsoir à son vieil ami Pasqual, voulez-vous m'accompagner ? Cela le distraira, il ne sort plus depuis vingt-cinq ans. Depuis vingt-cinq ans ? Mais quel âge a-t-il ? — Quatre-vingt-trois. Il a eu un accident de chasse, la mâchoire fracassée. Venez. Il sort à nouveau son trousseau, la porte ouvre sur un escalier à nouveau très raide. Dans l'appartement aux volets entièrement clos, Hélène distingue une silhouette assise dans un fauteuil à côté de la cheminée. La pièce, petite, tapissée de papier peint rayé, des tentures de velours aux fenêtres, est encombrée de gros meubles. Ils approchent, Jean annonçant qu'il amène de la visite. J'ai senti tout de suite un parfum de femme, dit Pasqual en serrant la main d'Hélène d'une pince légèrement tremblante. Le menton est décalé par rapport à l'axe du visage. Mais rien de révulsif, pense Hélène. Jean prend les nouvelles du jour, car même dans cette sorte de vie il y a des nouvelles du jour. Hélène se fend d'un compliment sur Sartène. Pourquoi ne sort-il plus ? demande-t-elle une fois dehors. — Parce qu'il est défiguré. — Il a le menton un peu de travers, cela n'empêche pas de marcher, que je sache. — Les bergers, non, les seigneurs oui. Mon ami Pasqual a de grandes forêts. — Et alors ? — Et alors il lui est impossible d'exposer sa face de traviole sur la place. Et comme on ne peut pas sortir de chez lui sans traverser la place, il ne sort pas. Personne ne le voit que Spéranza qui lui fait ses repas et moi, son ami d'enfance. Nous passions nos vacances ensemble. — C'est horrible. — C'est comme ça, c'est la Corse. Je passe chaque jour. Maintenant, allons au café. Sous la voûte et à droite, nous sommes sur la place.

Quel bonheur d'arriver sur la place, lumière, vie, des martinets filant dans tous les sens, des enfants, des touristes. Il l'emmène dans un café intitulé Au bien assis. Ce serait une révolution de palais si nous allions nous asseoir en face, commente-t-il. La droite Au bien assis, la gauche Aux amis, c'est comme ça depuis des lustres. Il commande un muscat pétillant pour eux deux. Ils sont assis l'un à côté de l'autre, face à la place, et restent presque une heure à regarder devant eux sans qu'il fasse l'effort de lui faire la conversation. Au dîner, dans un restaurant de cuisine locale où il lui fait déguster du veau corse, il explique le rituel du passage au Bien assis. Le Sartenais se doit de regarder ce qui se passe, la plupart du temps rien mais il se pourrait qu'un assassinat ait lieu en plein jour, aux yeux de tous qui sauront précisément qui se cache sous la cagoule mais ne le diront jamais – et se doit aussi de se montrer chaque jour à la population dans son urbanité. Vous imaginez Pasqual sous les yeux de tous ? La conversation ne sort pas du cours sur la Corse. Il n'y a ni la familiarité qui agrémente les dîners entre amis ni l'excitation qui leur avait rendu la conversation facile à Paris. Il veut me convaincre qu'il ne me désire pas, se dit Hélène. C'est moi qui le lui ai demandé et il se contraint à m'obéir. Ils discutent du dernier cours sur Reza. Des disputes. Elle lui demande s'il sait sortir des disputes. Il répond que ça dépend s'il a tort ou non, bref, des généralités. De plus, elle a froid.

Tant mieux que ce ne soit pas facile, se dit-elle seule dans sa cabane avec les étoiles. Cela prouve que je ne rêve pas. Vous voulez la clé ? lui avait-il demandé en la laissant. Elle avait rougi et dit non. Il ne viendra pas. Après ce que je lui ai dit à Paris, c'est à moi d'y aller. À moi de faire le premier pas. Il attend que je vienne, c'est évident. Il attend que je frappe et dise : je ne me sens pas bien, est-ce que je peux dormir sur le canapé du salon ? Non, Hélène, ne fais pas ça, je te l'interdis. Elle se déshabille, l'eau de la douche est brûlante, elle se glisse dans le lit. Quand même, n'importe qui pourrait rentrer, ce n'est pas rassurant, elle ne va pas fermer l'œil. Lâche les rênes, laisse-toi faire. J'ai oublié de téléphoner à Lou. Elle se lève pour prendre son téléphone dans son sac au cas où un message l'attendrait. Il n'est pas dans son sac. Elle ne l'a pourtant pas sorti depuis son arrivée et elle n'a pas abandonné son sac un instant. Si, une fois, pour aller aux toilettes

C'est loin. — Combien de kilomètres ? — Une vingtaine. — Pas si loin alors. — Vous verrez.

Et en effet, elle voit. Au bout d'une quinzaine de kilomètres, ils quittent la route goudronnée qui descend vers Bonifacio pour s'engager sur une piste de terre. Au début, elle est normalement carrossable. Mais, vite, elle devient ravinée, les contraignant à rouler au pas, braquer pour éviter les pierres, les nids-de-poule, serrer la broussaille de droite puis de gauche, la voiture tanguant parfois de façon inquiétante. Il parle peu et elle n'ose pas lui parler, de peur de le déconcentrer. La route monte et pas une habitation en vue. Vous êtes sûr, dit-elle bêtement au bout de dix minutes, qu'on arrive quelque part ? — Oui, j'y vais depuis toujours. — Mais pourquoi n'y a-t-il personne ? — À cause de la route. — Pourquoi ne l'arrange-t-on pas ? — Parce que personne n'habite là. Vous avez peur ? — Un peu, et si on crevait ? — Je changerais la roue. — Le téléphone passe ? — Non. L'essentiel, c'est de ne pas prendre un caillou sous le moteur. Attendez, là, il faut que j'aille voir avant. Il descend de la voiture, examine la route, elle le regarde pousser une pierre. Si loin de tout, pense-t-elle, à sa merci complète, c'est malin. Elle le connaît à peine et il lui fait penser au bibliothécaire de la prison, un meurtrier tout de même. Vous voulez qu'on s'arrête un peu ?

lui propose-t-il. Non, autant arriver le plus vite possible. Ils repartent au pas. Ils roulent fenêtres ouvertes. Le vent est tombé cette nuit et sa clim est en panne, on crève de chaud. Détendez-vous, je connais bien l'endroit. Regardez à droite, voilà la mer. Effectivement, un morceau de bleu entre les pierres. Laurent aurait adoré, pense-t-elle soudain. Et voilà le croisement, nous allons descendre. — C'est encore loin ? — On a fait la moitié. La seconde moitié s'avère encore plus impressionnante, la voiture plongeant maintenant vers l'avant. Mais Hélène commence à s'y faire. De temps en temps elle sursaute à cause d'un cahot brutal, il s'excuse et ça repart. Ils finissent par atteindre le bord de mer. Brisant une petite dune, une étendue de sable entoure le lit d'un cours d'eau à sec. Il y arrête la voiture, la fait descendre. Elle flageole. C'est là ? demande-t-elle ? Non, nous allons longer cette baie à pied. Vous voyez la petite pointe là-bas ? Barbara Cala se trouve juste derrière. Tenez, buvez dit-il en lui tendant sa gourde. Vous l'avez bien mérité, c'est plus facile de conduire que d'être conduite. Elle le voit remettre avec soin la gourde dans la poche latérale du sac à dos, sortir du coffre un chapeau pour elle et un bob pour lui, il a pensé à tout. En avant ! vous voulez marcher au bord de l'eau ou sur la plage ? L'idée des pieds dans l'eau la ravit. — Donnez-moi vos chaussures. Il glisse ses chaussures de toile dans la poche latérale restante de son sac à dos. — Et les vôtres ? — Elles ne craignent pas l'eau de mer. Oui, c'est vrai, Laurent avait les mêmes. Il charge son sac à dos et les voilà partis l'un à côté de l'autre. Il a perdu son train de sénateur, elle se sent légère les pieds dans l'eau fraîche s'enfonçant à peine dans un sable de minuscules gravillons. Le bruit de la mer rythme leur marche. Le soleil darde, pas encore au zénith. À droite la plaine marine, à gauche lui et les collines de maquis, au milieu elle dont les yeux sont familiers des champs et des forêts de feuillus. Pas un toit, pas un plastique sur la grève, une virginité miraculeuse. Comme il a eu raison de l'amener ici. Qu'y a-t-il d'autre à faire que de contempler, de s'emplir les yeux et tous les pores de la peau de la beauté offerte, de la beauté présente, de la beauté gratuite (si l'on excepte le voyage pour y parvenir). Ils marchent d'un bon pas. Trois kilomètres, une demi-heure dit-il, cela ira ? — Oui. C'est beau. — Oui. — Je ne sais pas dire combien c'est beau. — Regardez. Il faut simplement regarder, lui dit-il. Ils se taisent. C'est vrai, on ne peut que regarder la beauté. La beauté est la manifestation la plus parfaite dans notre monde de la Cause première (Dieu). Dans notre monde, tissu rigoureux de causes secondes (la nécessité), la Cause première (Dieu) scintille, indestructible, et elle est devant moi. Ces pensées traversent Hélène sans qu'elle les dirige, sans qu'elle les retienne, sans qu'elle veuille les expliquer, les transmettre, s'assurer que l'on a compris, elle est sûre que Jean les partage. Ils ne parlent pas. À un moment, un élan lui fait prendre sa main. Ils marchent un instant ainsi. Puis elle le lâche. Il sourit sans rien dire. Et puis il dit : hier soir, je ne vous ai pas raconté quelque chose à propos des disputes. Une fois, j'ai été pris d'un accès de rage brutal. Je soupçonnais un homme d'avoir une liaison avec ma femme. Il m'a semblé un jour, au palais – c'est un avocat, ma femme est avocate –, qu'il la draguait ouvertement, en public. La colère m'est montée au cerveau. Avec une force que je ne me connaissais pas, je l'ai saisi entre les bras et je l'ai jeté par-dessus la rampe d'escalier. Il n'est pas mort, il n'a même miraculeusement rien eu, et en plus il n'a pas fait d'esclandre. J'ai eu beaucoup de chance. Je tenais à ce que vous le sachiez. — Vous avez eu d'autres accès de ce genre ? — Non. — C'est l'humiliation. Vous avez été humilié en public. Vous êtes un homme violent ? — Non. À part ça. — Je vous crois. — Regardez comme les rochers sont rouges. On arrive à la pointe. Il faut obliquer là, par la dune, ce serait trop long d'en faire le tour et malaisé à cause des rochers. Ils s'engagent dans une petite trace de sable fin, prouvant que le chemin est régulièrement emprunté. Ils s'arrêtent en haut de la dune pour découvrir l'anse suivante, Barbara Cala. Entre deux pointes de rochers rouges s'étend une bande de sable aux reflets argent virant sur le vert. On dirait un mirage, mais non, plus on approche, plus il est vert. L'érosion d'une roche métamorphique, c'est pourquoi le sable est si fin, différent de la plage précédente, lui dit-il, un filon de vert au milieu du rouge. Ils descendent le sentier jusqu'à la plage. Le sable aux reflets verts et argent est d'une douceur incomparable sous le pied. Il la conduit à l'abri d'un rocher, le long de la pointe, posant son sac à dos sur le rocher, l'ouvrant pour déplier un tatami et sortir les maillots de bains. C'est mon coin dit-il, il me connaît. Vous qui aimez nager, la mer est à vous. Vous pouvez vous changer en toute tranquillité, je vais pisser un peu plus loin. Il va.

L'eau est fraîche, le vent qui a soufflé trois jours de suite l'a refroidie. Hélène s'y jette d'un coup, lance toute son énergie dans un crawl libérateur de la tension accumulée. Elle s'arrête déjà loin du bord, ouvre les yeux au ras de l'eau, se retourne vers la plage. Refait lentement un tour sur elle-même, le ciel, la mer, la plage. Dans des instants comme celui-là, on comprend sa force de vie. On se sait minuscule mais on se sent indestructible. Elle repère Jean nageant autour des rochers. Je parie qu'il cherche des oursins, se dit Hélène en se mettant sur le dos pour faire la planche. Elle se laisse dériver, puis recommence à nager vigoureusement, elle ne veut pas sortir en tremblant de froid comme si elle lui demandait de la réchauffer. Elle sort pendant qu'il est encore dans l'eau. Il a pensé à lui préparer la crème solaire sur le tatami. Elle s'allonge. Il n'y a aucun vent, le soleil tape, elle est merveilleusement réchauffée par le soleil et la terre. Il arrive avec des oursins, gagné ! Sort un couteau suisse pour les ouvrir, lui en offre un. C'est paradisiaque, lui dit-elle. On pique-nique. Un homme qui prépare tout. Des sandwichs, des œufs durs, du saucisson corse, du fromage corse, du vin corse. Qu'est-ce qu'on va faire de nous ? lui dit-il. — Ce matin, peu après mon réveil, j'ai été traversée par la pensée que je n'avais jamais fait confiance à personne. — Vraiment ? — Oui. — Même pas à votre mari ? — Même pas. — C'est triste. — Enfin si, une fois. La dernière année de sa vie, il a voulu descendre en voiture tout seul dans le Midi. C'était dangereux, j'avais peur qu'il ait un accident. Il voulait revoir son ancienne femme. Sept cents kilomètres. Il a couché en route à Saint-Flour, il m'a téléphoné de l'hôtel en me disant que l'hôtelière le regardait avec des yeux effarés, il y avait de quoi, il était cadavérique. Il m'avait dit deux jours pour descendre, trois jours chez elle, deux jours pour a personne, même pas un oiseau pour nous voir. Il n'y a que la mer, tu l'entends ? Tu l'entends ? Écoute-la. Une vague, ton désir, une vague, le mien.

Ils restent longtemps sur la plage, leurs respirations mêlées.

La libation d'amour transforme leurs corps en ceux d'une génisse et d'un taurillon, en Marion et Quentin. La jeunesse éternelle du Dieu d'amour, la plénitude du Dieu qui descend et qui donne scintille sur leur peau avec le mica du sable dont ils emporteront un peu à la maison, un peu chez l'ami Pasqual qu'ils iront saluer en rentrant.

Un peu dans les rues où on les verra passer.

Et peut-être aussi le soir même un peu sur les draps où ils dormiront ensemble.

Au matin la peau sera nue.

Elle se réveille la première.

Que lui a-t-il dit hier soir, quelque chose de triste qui s'est caché dans un coin de son cerveau pour moins la faire souffrir, oui, qu'il s'installe à demeure à Sartène. Il a dit qu'il lui en avait parlé pendant le dîner à Paris. Que c'était bizarre qu'elle ne s'en souvienne pas. Non, elle ne s'en souvenait pas. Et ça lui fait une peine à pleurer après une telle journée. D'abord qu'il veuille s'installer à Sartène. Ensuite qu'elle ne s'en souvienne pas.

Il lui a demandé sa confiance pour un instant et elle a déjà envie de tout prendre ?

Elle sort doucement, sans le réveiller, descend l'escalier, s'assoit sur la toute petite terrasse qu'ombrage le figuier. Encore une fois ce pouvoir de tordre le réel ? Encore une fois cette impétuosité aveuglante ? Vous ne pouvez pas lâcher les rênes, madame vinaigrette, la phrase revient claquer dans une bouffée de douleur. C'est le bourdon de sa vie. Une colonne de fourmis traverse la petite terrasse. Xavier, Dick, Laurent, oui, avec tous, même Xavier si autoritaire, même en obéissant, cela n'avait rien à voir avec l'obéissance, elle avait tordu la réalité vers son désir à elle. Mais cette fois sera la bonne, j'ai compris, j'enlève le mors, je lâche les rênes. Je range l'amour dans la catégorie de ce qui ne dépend pas de moi, comme la vie et la mort. Tandis que ce qui dépend de moi, ce que j'ai sur les bras, c'est-à-dire comprendre qu'il s'installe à Sartène, admettre qu'il s'installe à Sartène, je vais m'y appliquer de tout mon soin. De tout mon soin.

Les cistes opinent dans la brise matinale.

Rentrée des classes

En ce jeudi 30 août 2018, Hélène Bourguignon longe la rue de Varenne. Elle se souvient de toutes ces fois où elle a parcouru cette rue. Quatre ans déjà. Elle se souvient de son arrivée à Paris, juste après le bac, obtenant de ses parents d'habiter chez sa marraine. Elle se souvient de sa première colonie de vacances à La-Côte-Saint-André, elle apprenait aux enfants à lire à haute voix un conte hongrois intitulé *Les Sept Corbeaux*. Elle se souvient d'avoir marché enceinte pleine de fierté. Elle se souvient d'avoir été à pied non loin de là pour la première fois chez l'éditeur pour qui elle travaille encore. Elle se souvient de ce sentiment mêlé de liberté, de conquête mais aussi d'anonymat, de merveilleux anonymat. Un électron libre. Elle ferme les yeux et elle voit la mer Méditerranée caresser la plage.

Elle rentre d'une semaine à Sartène. Elle désire de toute son âme qu'il y en ait une autre mais qui sait ? L'amour n'est pas entre nos mains. Il vient. Il est venu une fois de plus dans la vie d'Hélène, et peut-être cette fois obtiendra-t-il d'elle l'attente attentive au lieu de la prédation.

Le changement de programme a été avalisé par la direction de la scolarité. « Approche de moralistes » en est le titre. Aujourd'hui Épictète, livre I, chapitre 26, *Quelle est la loi de la vie ?* C'est dur. Mais à qui l'on estime, on donne le plus dur. Et elle estime ces étudiants qu'elle ne connaît pas encore. Elle leur a envoyé le texte depuis Sartène, elle a préparé son cours sous le figuier.

Un message sur son téléphone : bonne chance, ma belle Hélène.

Son vieux cartable, sa jupe, son chignon à peine plus relâché, elle est au complet.

Bonjour, madame. Oh, c'est Jérôme qui l'aborde, Jérôme qui ressemble tant à ses amis d'enfance, à Xavier, à Éric, à Christian, à Bertrand, à Sébastien et à Catherine… Bonjour, Jérôme, vous voilà revenu ? Jérôme a passé l'année dernière dans une université américaine. Oui, j'entame un master de journalisme. Il a changé, mûri, sa vie d'homme commence, c'est tellement beau.

Remerciements

L'auteure remercie vivement la Fondation des Treilles, la Fondation Île-de-France et Marlyse Pietri qui l'ont accueillie et soutenue pendant l'écriture de son roman.

La Fondation des Treilles, créée par Anne Gruner Schlumberger, a notamment pour vocation d'ouvrir et de nourrir le dialogue entre les sciences et les arts afin de faire progresser la création et la recherche contemporaines. Elle accueille également des chercheurs, des écrivains et des artistes photographes dans le domaine des Treilles (Var).

Cet ouvrage a été composé
par Maury à Malesherbes
et achevé d'imprimer sur Roto-Page
en décembre 2019
par l'Imprimerie Floch à Mayenne
pour le compte des Éditions Stock
21, rue du Montparnasse, 75006 Paris

Stock s'engage pour l'environnement en réduisant l'empreinte carbone de ses livres. Celle de cet exemplaire est de :
500 g éq. CO_2
Rendez-vous sur
www.editions-stock-durable.fr

PAPIER À BASE DE
FIBRES CERTIFIÉES

Imprimé en France

Dépôt légal : janvier 2020
N° d'édition : 01 – N° d'impression : 95451
55-51-8871/9